毛姆中国游记

William Somerset Maugham

【英】毛姆 著

张卿 译

四川文艺出版社

图书在版编目（CIP）数据

毛姆中国游记 / (英) 毛姆著；张卿译. — 成都：四川文艺出版社，2022.8
ISBN 978-7-5411-6206-0

Ⅰ.①毛… Ⅱ.①毛… ②张… Ⅲ.①随笔－作品集－英国－现代 Ⅳ.①I561.65

中国版本图书馆CIP数据核字（2022）第048118号

MAOMU ZHONGGUO YOUJI
毛姆中国游记
（英）毛姆 著 张卿 译

出 品 人	张庆宁
责任编辑	张亮亮
封面设计	叶 茂
内文设计	史小燕
责任校对	段 敏
责任印制	崔 娜

出版发行	四川文艺出版社（成都市锦江区三色路238号）
网 址	www.scwys.com
电 话	028-86361802（发行部） 028-86361781（编辑部）

排 版	四川最近文化传播有限公司		
印 刷	成都蜀通印务有限责任公司		
成品尺寸	125mm×185mm	开 本	32开
印 张	6.75	字 数	120千
版 次	2022年8月第一版	印 次	2022年8月第一次印刷
书 号	ISBN 978-7-5411-6206-0		
定 价	45.00元		

版权所有·侵权必究。如有质量问题，请与出版社联系更换。028-86361795

目 录

一　幕启……………………… 001
二　女主人的会客厅………… 003
三　蒙古首领………………… 006
四　漂泊的人………………… 008
五　内阁大臣………………… 011
六　晚宴……………………… 015
七　圜丘坛…………………… 020
八　上帝的仆人……………… 022
九　客栈……………………… 026
十　荣耀酒馆………………… 030
十一　恐惧…………………… 033

十二	画作	041
十三	英女王的代表	043
十四	鸦片馆	046
十五	最后的机会	048
十六	修女	050
十七	亨德森	052
十八	黎明	056
十九	法国人的荣誉感	059
二十	负重的"牲口"	063
二十一	麦大夫	066
二十二	路	071
二十三	上帝的真理	075
二十四	浪漫	078
二十五	与众不同的风度	083
二十六	雨	086
二十七	沙利文	090

二十八	餐厅	092
二十九	蜿蜒的长城	096
三十	领事先生	097
三十一	小伙子	104
三十二	范宁夫妇	106
三十三	劳作者的号子	111
三十四	幻想	113
三十五	陌生人	115
三十六	民主	120
三十七	基督复临安息会教徒	123
三十八	哲人	125
三十九	女传教士	135
四十	打桌球	138
四十一	船长	140
四十二	婴儿塔	142
四十三	日暮	147

四十四	正常人	149
四十五	老人	154
四十六	平原	157
四十七	失败者	160
四十八	研究戏剧的学者	162
四十九	大班	167
五十	报应	177
五十一	残件	179
五十二	出色的好人	184
五十三	老水手	187
五十四	问题	193
五十五	汉学家	195
五十六	副领事	197
五十七	山崖上的城	202
五十八	祭神	206

毛姆中国游记述语表 …… 208

一　幕启

城门外是一排排土坯茅屋，破败不堪，好似一阵风就能把它们吹倒在地，让其回归本源。一队负重的骆驼，谨慎地走过，这些牲畜带有一种傲慢神态，这种神态是投机商人踏足贫穷地界时才有的。一小簇人身着褴褛的蓝褂子，聚在城门边上，一位带尖顶帽的少年骑着蒙古矮种马飞奔而来，这些人便四散开去。一群孩子追着一只跛脚狗，朝那狗扔土块儿。两个身形壮硕的爷们身着黑色提花缎长袍，丝绸马褂，站着聊天。他俩各自拿着一根棍儿，棍儿上栖着一只鸟，鸟腿用绳子拴着。这二位是出来遛鸟的，顺便比比谁的鸟更好，他们心态很好，不会因鸟争强好胜。鸟时不时扑棱几下，只能飞栓腿绳那么长的距离，很快就落回到各自的栖棍上。这俩人笑眯眯地看着鸟儿，眼里满是温情。野小子们冲外国人大喊大叫，声音刺耳，语调轻蔑。古城墙摇摇欲坠，建有垛口，好似风景画中被十字军占领的巴勒斯坦小镇一样。

进了城门,便是一条狭窄的街道,街道两边商店林立,多数店面装有精致的红色、金色窗格,雕花繁复,呈现出一种破败的华丽,十分独特。可以想象幽黑的店铺里出售的各种各样奇特的商品,这些物件只在传说中的东方才有。窄窄的人行道上,巷子深处,人头攒动,苦力们身负重担,声音短促地喊着"让路",小摊贩假着嗓子叫卖。

一辆"骡轿"驶来,步态庄重,驮轿子的骡子皮毛闪闪发亮。轿顶是亮蓝色的,大车轮的轮圈上镶了铆钉,车夫坐在车辕上,甩着两条腿。时值傍晚,红彤彤的夕阳坠落在一座寺庙的黄色斜顶后面。骡轿遮着帘子,安静地驶过,让人不禁猜想那盘腿坐在里面的人是谁。里面坐的可能是个读书人,对四书五经了如指掌,此刻正在赴约的路上,他将与友人高谈阔论一去不复返的唐宋盛世;也许骡轿里坐的是一位歌女,她身着彩绣辉煌的纱衣,云鬓斜簪翠玉,要去赴一场盛宴,唱几段小曲儿,和满腹经纶、智慧有加的公子哥儿们谈天说地。骡轿消失在越来越浓的夜色中,它好似满载着东方所有的神秘。

二　女主人的会客厅

她说："我想自己肯定能把房间收拾漂亮。"然后，快乐地环顾四周，充满创意的想象力让她的双眼炯炯有神。

这房子曾是一座修在城里的小寺院，女主人买下寺院，把它改成住宅。三百年前，一位大德高僧的信徒为他修建了这座寺院，高僧在这里虔诚修行，直至圆寂。此后，高僧的信徒们依然来寺院焚香祷告，随着时间的推移，香客越来越少，寺院难以维持，住寺的两三个和尚迫不得已走了。寺院饱经风霜，屋顶的青瓦被荒草覆盖，椽架屋顶的红色已经褪去，上面盘着同样暗淡了的金色的龙，但屋顶依然风姿卓越。女主人不喜欢黑洞洞的屋顶，于是，她在上面蒙了一张帆布，然后再用纸糊了。屋子需要采光通风，她便在一面墙上开了两个大窗户。她还有幸弄到几幅尺寸恰好的蓝色窗帘。蓝色是她偏爱的颜色，那是她眼睛的颜色。巨大的红色柱子让她有点压抑，于是，便用一种异域风情式样的漂亮纸把柱子糊了。她还在当地商店弄到一种粉色条纹墙纸，非常漂亮，这种墙纸可能是从"桑德森"商店进口的。贴上墙纸以后，整个屋子立刻明亮了。屋子后部有一个凹处，里面放着一张巨大的漆面桌子，桌子后面是一尊静坐的佛像。过去，信徒来这里焚香祷告，有求现世功名利禄的，也有求脱离现世苦海的。而对女主人来说，这里恰恰是放一台美式壁炉的地方。至于地毯，女主人不得不在中国买了，但她设法弄到的地毯像极了阿克斯明斯特产的地毯，别人几乎分不出真假。当然，中国人工织的"阿克斯明斯特地毯"没有英国的那么柔滑，可也只能这样了。女主人又从一位要去罗马任职的公使那里买来一整套家具，还从上海买了色泽明亮的棉布做沙发套。女主人存有很多画作。那些画有的是她收到的新婚礼物，有的是她自己买的，这些画作让屋子温馨了起来。现在还缺一架屏风，而屏风只能从中国买了，不过，女主人对此有自己的想法：她说在英国都很可能买到中国屏风呢。女主人有很多相片，都嵌在银相框里。有荷尔斯泰因州公主的，还有瑞典王后的，两张照片都有主人公的亲笔签名。这些装在银相框里的照片给屋子营造出一种人间烟火味，所以女主人把它们摆在三角钢琴上。女主人完成对房子的改造，心满意足地审视着自己的杰作。

她说:"房子虽然看着不像伦敦的住宅,但也许和切尔滕纳姆、坦布里奇韦尔斯这些地方的房子不相上下呢。"

三　蒙古首领

　　他来自何方，只有天知晓。骑着马，沿着弯弯曲曲的道路，一路从蒙古高原而来，那高原上四面环山，山上土地贫瘠，乱石丛生，荒无人烟，是一道道无法穿越的屏障。经过入关通道的护卫城楼，一直跑到一片年代久远的河床，那是通往中国的门户。河床四周隆起一座座丘陵，在晨光中熠熠生辉，在河床上投下尖尖的影子。千百年来，不计其数的交通往来硬是在这石头河床上留下了一条崎岖不平的道路。空气清冽，天空湛蓝，这条道路上，从黎明到黄昏"流淌"着湍流不息的商队：离开中国的路上，骆驼队驮着砖茶，前往七百英里开外的库伦，温和的牛拉着车，排成长队，三三两两的手推车跟在壮实的矮种马后面，向着西伯利亚进发；进入中国的路上，骆驼队驮着兽皮，来到北京的市场，还有排成长队的大车，缓缓驶来。此刻，一群马走了过去，紧接着还有一群羊，可他的眼里看的不是各种风景，他似乎都没注意到走出关隘的还有其他人。六七个心腹陪着他，他们满身泥污，骑着可怜兮兮的老马，但他们杀气腾腾，缓步向前，并无队列。为首的他通身穿着黑色丝绸衣裤，裤脚扎在翘头的马靴里，头戴一顶蒙古尖顶貂皮帽。他身板挺直，比其他人稍稍骑在前头，高昂着头，目光坚定，让人不免生疑，他是否想过自己的祖先们曾走出这道关隘，来到土地肥沃的中原大地，洗劫那片土地上富庶的城市呢？

四　漂泊的人

见到他本人之前，我已对他不寻常的经历有所耳闻。因此，我期待看到一个外表不凡的人，对我来说，似乎经历不寻常的人也应该有不寻常的外表。结果，我却看到一个相貌平平的人。他矮小瘦弱、皮肤黝黑、棕色眼睛，虽不到三十岁，头发却已花白。他一点也不起眼，即便见过五六次，也不会给人留下太深的印象，这种人在百货公司、掮客那里都能遇到，不会有人留意他。他身上的魅力少得可怜，结果这种可怜竟变得有趣起来：他的脸没有特色，仿佛某条街上一堵宫殿的围墙，而围墙背后却是雕梁画栋的院子、精雕细刻的龙、神秘精致的复杂生活。

他的整个事业却不同凡响。他生在一个外科兽医家里，曾做过伦敦警察厅的通讯员，也当过去布宜诺斯艾利斯商船的船员。到了布宜诺斯艾利斯，他放弃船员一职，设法穿越南美洲，从智利的一个海港出发，到达了玛贵斯，岛上的居民对这个白人很是友好，他在那里住了半年，又乘一艘去塔西提岛的纵帆船走了一段，然后，当上了一艘运送中国劳工去社会群岛的旧船的二副，来到了厦门。

那是九年前的事了，从那以后，他一直住在中国。起初，他在英美烟草公司找了份工作，但没过几年，便觉得工作无趣。那时候他已经学会了一些汉语，于是，便去了一家卖成药的公司，这家公司的业务范围遍布全国各地。三年时间里，他卖药的足迹踏遍中国很多省份，攒下了八百美元，接着，再次剪断了自己这只"风筝"的线。

他开启了自己一系列冒险活动中最不平凡的一章：从北京出发，装成一个贫苦的中国人，背着铺盖卷，拿着烟斗、牙刷，穿越中国。他住客栈，睡大炕，吃中国饭，太不容易了。他很少坐火车，大部分时候都在步行、坐马车、坐船，穿过陕西、山西，走过大风呼啸的蒙古高原，在荒蛮的土耳其斯坦经历过性命攸关的危险。他和沙漠的游牧民族生活过几个月，和运送砖茶的商队一起穿越过寸草不生的戈壁滩。最终，四年后，他弹尽粮绝，又回到了北京。

他开始找工作。在他看来，写作似乎是赚钱最容易的工作，一家设在中国的英文报社的编辑想约他写旅行见闻的稿子。我想他的难处是旅途见闻太多，难以选择。他见识过各种各样的事情：光怪陆离的、印象深刻的、惊悚可怕的、引人发笑的、出乎意料的，所以他的见闻在英国人中可能是独一无二的。他写了二十四篇稿子，篇篇写得仔细详尽，用情饱满，读来受用。无奈他见闻多为偶然的，只能做艺术的素材，就好似陆军和海军军需品的目录，是富有想象力的人可以探索的矿藏，是文学的基础，但却不是文学本身。他是田野博物学家，耐心地收集了无限的事实，却没有归纳总结的天赋，这些事实只能等着某个比他有综合归纳能力的人来条分缕析。他收集的不是植物，不是动物，而是人，这些收集品富有想象力，但他对人的了解却很有限。

见到他的时候，我尽力想看到那些多姿多彩的经历对他有什么样的影响。尽管他满腹奇闻逸事、性格活泼、待人友好，有着知无不言、言无不尽的愿望，可我却看不出那些冒险经历对他有什么深刻的影响。他经历过各种各样的怪事，这只能说明他骨子里就有些怪异。文明世界使他厌倦，渴望逃离常规，因此，生活中的怪事让他开心，所以，他的好奇心永远无法满足。在我看来，他的经历只停留在自己的躯干里，永远不会成为心灵的一部分，或许这就是他看起来普普通通的原因，相貌平平，心灵也同样无趣，仿佛一堵空荡荡的宫墙背后也是空荡荡的一片。他写作的素材丰富，可作品却索然无味，因为写作的重点不是依赖丰富的素材，而在作者本身，他应该是个有趣的灵魂。

五　内阁大臣

我们见面的屋子形状狭长，门口是一个衰败的花园，玫瑰花枯死在叶黄茎瘦的灌木丛上，主人明显也已经抛弃了那棵粗壮的古树。他让我坐在方桌旁的方凳上，自己坐在对面，一个仆人端来花茶和美国香烟。他身着棕色丝绸长衫，上面套着黑色丝绸短褂，头戴圆顶礼帽，身形瘦削，身材中等，手颀长，戴着金丝边眼镜，用一双忧郁的大眼睛瞧着我，眼神就像一个学生，又像一个做梦的人，脸上挂着亲切的笑容。

他笑容可掬地说："三百年前满族人都是骑手，现在，中国人都要穿这样的长袍，奇不奇怪呀？"

我反驳道："这没什么奇怪的，道理就像英国人打赢了滑铁卢之战，英王陛下要戴圆顶礼帽一样。"

"你认为我是因为这个才戴圆顶礼帽的？"

我怕他不好意思问我怎么看明白的，便忙不迭地说："是啊。我一下子就看明白了。"

他取下帽子看了看，轻轻叹了口气。我环顾屋子四周，屋里铺着布鲁塞尔产的花地毯，沿墙放着几把精雕细琢的紫檀木椅子，挂镜线上挂着几幅古代大师的书法作品，还有一幅镶在金闪闪的画框里的油画，这幅画很可能是十九世纪九十年代在皇家艺术院展览过的，但是它和那些书法作品并不相称。他坐到一张美式翻盖办公桌旁开始了工作。

他和我谈起中国悲哀的现状。他说世界上最早的文明现在正在被无情地一扫而空，欧美归来的留学生正在把无数代人建立起来的文化拆得支离破碎，却没有新的文化产出。这些留学生不爱国、不信宗教，没有敬畏感；寺庙没了信徒，跑了和尚，一点点破败下来，现在我们只能怀念这些寺庙当年的辉煌了。

然后，他那双贵族样的双手一挥，便开始了下一个话题。他问我要不要看看他的艺术藏品。我们绕着屋子走，他指给我瓷器、铜器、唐朝塑像，一匹从河南古墓出土的形态优雅的马，堪比希腊艺术品。他书桌旁的桌子上摆着许多卷轴，他选出一卷，抓住一端，让我打开。那是一幅年代久远的水墨山水画，画面上云雾在群山间缭绕。他笑嘻嘻地看我欣赏画作，心里似乎很喜悦。看过这一幅，他接着让我看别的，没看几幅，我就说自己不能这样耽误他这样一个大忙人的时间，可他根本没听见，竟然拿出更多的画来。他是书画鉴赏的行家，开心地给我讲这些作品的流派、朝代，作者的逸闻趣事。

他说："希望你能欣赏一下我最珍贵的藏品。"然后，指着挂在墙上的那些作品，"我挂出的这些可是中国书法的极品。"

我问道："比起绘画，您更喜欢书法吗？"

"是的。书法美得高雅，不带一丝俗气。欧洲人很难欣赏如此严肃精致的艺术，这也难怪，我认为你们欧洲人对中国的品味有些怪诞。"

他已把一些画作装订成册，我一页页翻看，那真是精美绝伦！收藏家的天性让他把自己最珍视的作品放在最后，那是尺幅比较小的系列花鸟图，出自大师之手，只寥寥几笔，意境却很浓，充满了对自然的向往，玩世不恭的款款柔情，让人感到惊讶，几支老梅枝子，妩媚饱满，透着春天的神奇，图上的麻雀竖着羽毛，怦怦地颤动着生命。

他遗憾地微笑着问我："那些留美的学生能画出来吗？"

对我来说，最有趣的是我从头到尾就知道他是个无赖，他集腐败、无能、无耻于一身，谁也别想阻碍他；他是剥削的能手，用最可耻的手段敛得大笔钱财；他还说谎、残酷、记仇、贪污，他真心为中国今日的困境而遗憾，却不想自己也是这种困境的幕后推手。但是，当他手握一个天青石色的小花瓶时,手指温柔地绕在瓶身上,用忧郁的双眼爱抚着花瓶,半张着嘴,似乎发出一声渴望的叹息。

六　晚宴

（一）使馆区

仆人宣布中国—阿根廷银行的瑞士主管驾到，和他同到的还有他个头高大、形体健美的妻子。这位女主人对自己的魅力毫无遮掩，挥霍似的展现出来，让别人有点不安，据说她曾做过妓女。一位先到的英国老姑娘身着橙红色绸缎衣服，带着珠子首饰，和主管夫人打了个招呼，老姑娘脸上的微笑不但"瘦了身"，还"挂了霜"。危地马拉公使和黑山代办一起走了进来。黑山代办极其烦躁，他未了解此次晚宴很正式，自以为是小型聚会，就没有戴功勋章来，此刻，危地马拉公使身上的功勋章闪闪发亮。天呀！他该怎么办？那一刻，他的心情堪比发生了某个外交事件一般，幸好来了两位身穿丝绸长袍，头戴瓜皮帽，手端鸡尾酒和俄式冷盘的中国仆人，让黑山代办的情绪有了缓和。接着，一位俄国公主飘然而至，她一头银发，穿着高领的黑色丝绸长裙，看起来好像萨尔杜戏剧里的女主角——那位青春已逝,现在只能做编织活的老妇人。有人要是和她聊起托尔斯泰或契诃夫,她就百般无聊,可她自己说起杰克·伦敦,却精神倍增。她问了那个英国老姑娘一个问题,对方却回答不出来。

她问道:"为什么英国人要把俄罗斯写得那么愚蠢?"

这时,英国公使馆的一秘驾到,他进来时派头十足。一秘先生个头很高,头发秃顶,神态优雅,衣着考究,他望着危地马拉公使那些闪闪发亮的勋章,表情带着含蓄的讶异。黑山代办自认为是外交团体中穿着最讲究的人,此时却不能肯定一秘先生是否有同感,于是,便奔过去,要让一秘坦白告诉自己他穿的褶皱衬衣看上去如何。一秘先生把金丝边的单片眼镜放在眼睛上,神情严肃地把褶皱衬衣端详了一番,然后给了代办先生一番让人崩溃的溢美之词。除了法国武官的夫人之外,所有人都到齐了,大家公认这位武官夫人经常迟到。

银行瑞士主管那健美的夫人说:"这可让人无法忍受!"

最终,半个小时后,她姗姗而至,对于别人的等候,竟无动于衷。她脚踩"恨天高",个头高挑,身材瘦削,留着金色短发,画着浓妆,身穿的裙装给人裸奔的错觉,好似后期印象派画家笔下忍辱负重的格丽塞尔达。武官夫人行动之处皆是浓烈的异域气味，她伸出戴满珠宝的一只瘦手让危地马拉公使吻了吻；几句欢声笑语，却让银行主管夫人自觉过时、土气、肥胖；把英国老姑娘不合时宜地嘲笑了一番，老姑娘本来窘得要命，却认为武官夫人为人特别厚道，心情缓和了许多；这位夫人还一口气喝了三杯鸡尾酒。

晚餐上桌了。席间的语言一会儿是响亮且富有韵律的法语，一会儿是稍微有些磕巴的英语，话题要么是从布加勒斯特或利马写信过来的公使，要么是嫌克里斯蒂安尼亚无聊，又嫌华盛顿物价昂贵的参赞夫人。总之，这些人待在任何国家，那里的首都不会有任何差别，不论在君士坦丁堡，或伯尔尼，还是在斯德哥尔摩，或北京，他们都做着同样的事情。他们手握外交特权，又自以为很有社会影响，仿佛活在一个哥白尼从未提出过"日心说"的世界里，他们心目中，太阳和星星都讨好地围绕着地球转，而他们恰好又是地球的中心。谁也不知道那位英国老姑娘怎么会在这儿，瑞士主管夫人私下里说那女人准保是德国间谍。但是，那位老姑娘是英国的官方代表，她会说中国人教养很好，大家都该见见慈禧太后，慈禧可是个慈祥的老太太等等。事实上，如果她在君士坦丁堡，她也会说土耳其人都是绅士，王后法蒂玛可亲可敬，法语讲得特别棒等等。老姑娘本身无家可归，所以，国家派她驻哪里，哪里就是她的家。

一秘先生觉得晚宴有点混乱，他的法语讲得比法国人还标准，而且很有品位，天生的癖好就是"凡事都要高雅"：他只认识自己该认识的人，只读该读的书，只听自以为好听的音乐，只看自以为好看的画；他的衣服只在技艺高超的裁缝那里做，衬衣在唯一一家男装专卖店里买。你若听他说话，便会昏昏沉沉，特别希望他能承认自己也有粗俗的嗜好。如果他大胆承认《灵魂的觉醒》是件艺术品，承认《玫瑰经》是杰作，你就会如释重负，可是他的品位高雅得滴水不漏，他十全十美，你有点担心他对此心知肚明，因为他脸上的表情是肩负重任的人才有的那种表情。可是，你却发现他写自由题诗，此时，你松了一口气。

（二）通商口岸

英国的宴会餐桌上已经没有这种豪华排场了。红木桌上摆着满满当当的银质餐具，雪白的锦缎桌布中间摆着黄色丝绸垫子，这种东西年轻人要在集市上看见了，一定会买下来。垫子上面放着一个巨大的果盘，高高的银花瓶里插着菊花，挡住了人的视线，只能瞥见坐在桌子对面的人的一小角。高高的银烛台骄傲地昂着头，两两相对地从桌子头排到桌子尾。不同的菜配不同的酒：汤配雪莉酒，鱼配霍克酒，头盘也有两道，白色的一道，棕色的一道，这是九十年代细心主妇们的待客之道。

客人们的谈话内容却比不上菜品花样多，来的客人和主人几乎天天见面，次数多得无法忍受，不论提起的什么话题，大家一直说到没话可说，然后就是尴尬的沉默。他们聊赛马，聊高尔夫，聊射击，他们可能认为聊抽象的东西不好，也没有政治话题可聊，中国已经让他们百无聊赖，根本不想说自己有多无聊，只知道待在中国要工作。他们怀疑任何一个学习汉语的外国人。如果不是传教士，不是使馆一秘，为什么要学汉语呢？完全可以每个月花二十五块大洋雇一个口译。所有学习汉语的外国人思想后来都变得古怪起来，这是大家公认的事实，而且这些人都是重要人物：怡和洋行的老板和老板娘，汇丰银行经理夫妇，亚洲石油公司经理夫妇，英美烟草公司经理夫妇。这些人身穿晚礼服，却觉得浑身难受，似乎穿晚礼服是为国家尽义务，而不是自己脱掉上班的制服，穿上晚礼服，来个舒适的改变。他们之所以来参加晚宴，是因为他们压根无事可做，如果到了可以体面地告辞的时候，他们便会松一口气，然后离开，他们厌烦彼此应付。

七 圜丘坛

圜丘坛为三层露天汉白玉圆台,每层坛四周有阶梯,圜丘坛中心的石板叫"天心石",圜丘四周庭院环绕,庭院四周宫墙环绕。每年冬至是阴极阳升的日子,是夜,代代天子都会在圜丘坛祭天。随从天子来的还有皇亲国戚,名门望族,各路军队。祭天前,天子必须斋戒,祭天仪式中,皇亲国戚、文武大臣在规定的地方垂手侍立、乐师奏乐,天灯昏暗的光照下,天子的礼服闪着神秘莫测的光辉。天子在昊天上帝主牌位前和祖先牌位前焚香,呈进玉帛、进俎,献爵,行三上香礼。

威拉德·B.昂特迈耶就在奉天命主万物的天子跪拜天地的地方用苍劲的笔力写下了"内布拉斯加哈斯廷斯的威拉德·B.昂特迈耶"几个大字。威拉德听到过一些模糊的传闻,于是,便要把自己转瞬即逝的生命和庄严的祭天之地联系起来,以为这样,他死后别人就不会忘了他,他想用这种幼稚的方式获得不朽。可总有事与愿违的时候，威拉德一迈下台阶，一名倚着栏杆，悠闲望着天空的中国管理员就走过去，一口唾沫吐在威拉德的大名和他的家乡名上，然后用鞋底就着唾沫来回蹭，没一会儿，"威拉德到圜丘坛一游"的印记已经灰飞烟灭。

八　上帝的仆人

两个传教士并肩坐着聊天，不同的人进行着礼仪性的社交聊天，内容琐碎之极。如果有人说他俩都善良，这一点两人相似的话，两人一定会吃惊。其实，谦卑也是他俩的另一个相似之处。或许这位英国传教士的谦卑是故意为之，比起那法国传教士，他的谦卑有些惹眼，并非自然流露。除此以外，两人的差异近乎荒唐。法国传教士年近八十，高个头，身板挺直，骨骼粗壮，看得出年轻时力量超群。如今，他的力量只能体现在眼睛里，那双眼大得出奇，令人不由自主地要看看从中透出的奇怪眼神和炯炯目光。"炯炯"常用来形容眼睛，但我从未看到过有谁的眼睛如此这般不辜负"炯炯"这个词。那双眼里的确燃烧着火焰，发出了光芒，那双眼里的狂野表情已经超出了理智，那是犹太先知才有的眼睛。法国传教士长着大大的鹰钩鼻，轮廓清晰的方下巴，不是轻易可以被取笑的那种人，年轻的时候想必也令人生畏。或许，他眼中的激情已经讲出了自己内心深处久藏的波澜，那灵魂在波澜中大声呼号，浴血奋战，最终胜利。他便欢喜不尽，将未愈合的伤口奉献给全能的上帝。如今，他畏寒的老骨头上裹着一件士兵穿的大毛外套，头戴中式貂皮帽。他是个了不起的人物，在中国待了五十年，中国人袭击他的传教所时，光逃命就逃了三次。

法国传教士微笑着说："我坚信那些中国人再也不会袭击我的传教所了。我老了，突然让我跑路，那可招架不住啊。"他耸了耸肩，又说，"要么我就成为殉难者。"他点了一根长长的黑色雪茄，惬意地开始喷云吐雾。

英国传教士还年轻，不过五十岁，来中国也就二十多年，是英国教会布道团的成员。他身穿灰色粗花呢西装，打一条波点领带，力图让自己看上去不像传教士。他中等偏高，可是肥胖却拉低了身高，一张和蔼的圆脸，红脸蛋，胡须花白，像把牙刷。他已谢顶，但虚荣心驱使他把头发留长，梳到一边，盖过头皮，给自己一种头皮已经盖严实的错觉，这种虚荣心有情可原，令人同情。这位英国传教士生性快活，和朋友互开玩笑时，笑声发自内心，特别响亮、真诚。他的笑点很低，可能看到别人踩到橘子皮上一滑，也能笑得浑身乱颤。但他会止住笑，涨红脸，似乎想起来打滑的人有可能受伤，然后生出满心同情。和他待一会儿，就能体会出他心软，感觉不论叫他做什么，都会乐呵呵地照办。如果起初他的热心还不能让你对他敞开心扉，寻求精神上的慰籍，那么实际生活中，你一定能感受到他的关心、同情和良知。他总是自己掏腰包帮助有困难的人，无时无刻不在为有需求的人服务。说他的帮助对灵魂的救赎作用不大是不公平的，尽管他不会像那个法国传教士一样以不容置疑的教会威严，或苦行僧般不可抗拒的激情向你游说，但他会真心同情你，和你一起分担焦虑，踌躇地安慰你。这时候，他不像是上帝的传教士，倒像是和你一样会犹豫、会胆小的人，也在力图和你一起怀有希望，获得安慰，灵魂得已安宁，他有一套办法，能把事情做得和别人一样出色。这位英国传教士的来历有点不寻常，他曾当过兵，说起过去自己在莱斯特郡的阔恩猎狐，整个伦敦社交季跳舞的事儿，他津津乐道，并未对自己过去的罪孽有什么内疚。

他说："我年轻时舞跳得可好呢，可是现在的新舞步我应该不在行。"

过去，他及时享乐，对此他从未后悔过，也从未憎恨过。他在印度的时候受到了上帝的召唤，成为了传教士，他自己都没搞明白那是怎么回事，什么理由，可突然就觉得自己愿赴汤蹈火，让异教徒皈依基督教，这种感觉无法抗拒，夺走了他的宁静。自从成了传教士，他便开心了，很享受自己的工作。

他说："教化人们皈依基督教是个慢工活,我已经看到进步的苗头了。我喜欢中国人,我在中国的生活可是金不换的。"

这两个传教士互道"再见"。

英国传教士问道:"你什么时候回家?"

法国传教士答道:"嗯?哦,一两天之内吧。"

英国传教士说:"那我俩可能再也见不到了。我计划三月份回家。"

说起"家",法国传教士脑海中出现的是那个街道狭窄的中国小镇,他年轻时和巴黎永别之后,就来到那个小镇,一住就是五十年。而英国传教士说的"家"是英国柴郡的那所伊丽莎白时期的房子,房门前有整齐的草坪,几株橡树,他的家族在那所房子里一住就是三百年。

九　客栈

夜似乎已经深了,苦力在前面打着灯笼,你坐着轿子已经走了一个小时,灯笼在你前面的地上投下一圈淡淡的光。一路上看到黑暗中的竹林,稻田里反射的水光,菩提树浓密的轮廓,它们像平凡生活中源源不断流出的美景,从你身边掠过。偶尔有晚归的农民,牛车上驮着一对重重的篮子,与你的轿子擦身而过。轿夫们的脚步愈加慢了,虽然过了漫长的一天,他们依然精神饱满,欢快地聊着、笑着,有一个竟然唱起了不成调的歌。这时,路面变得陡峭起来,灯笼一下子照到一堵白粉墙上,你已到了散落在城外的第一处破烂房屋了。又走了两三分钟,轿子上了一截陡峭的楼梯,轿夫一路小跑上去。然后,进了城门。城内街道纵横,商店还未打烊。轿夫们粗声粗气地喊着,"让路!让路",人群便让出路来,你和轿子便从由两排好奇的人挤成的"人篱"中间穿过。这些人面无表情,一双双黑眼睛盯着你，猜不透他们在想什么。轿夫一日的辛劳即将画上句号，于是，个个健步如飞。突然，他们收住脚步，往右一拐，进了一个院落，客栈到了，轿子落地。

客栈里有一个长方的院子，一半被遮蔽了起来，两边盖有房间。客栈里点着三四盏油灯，只能照到油灯自己的周围，照不到的地方夜色愈加浓重。院子前面挤挤挨挨摆了许多桌子，人也挤挤挨挨坐在桌子旁，有的吃米饭，有的喝茶，还有的玩着你看不懂的游戏。院子里有一个大炉子，上面始终炖着热水，还有一口大锅，盛着做好的米饭。客栈的店员站在炉子旁，迅速地在大碗里盛好米饭，给源源不断递过来的茶壶添满水。几个裸着上身的苦力在院子后面用热水擦身，他们身体健硕，身形结实，行动敏捷。院子尽头是一间上等客房，房间朝着客栈大门，客房和大门中间挡着一架屏风，以防偷窥的眼神看进来。

这间上等客房很宽敞，没有窗户，土地面。这家客栈层高很高，房间没装天花板，所以这间客房额外高。墙上刷着白石灰，横梁露着，让人想起英国苏塞克斯的农舍。屋里有一张方桌，几把带扶手的木头靠背椅，三四张简陋的木床上铺着席子。过一会儿，你就要在这里拣一张最干净的床睡下。一盏油灯发出微弱的光，店员把你的灯笼提了进来，你的晚饭还未做好，你只能等待。轿夫们卸了重负，现在欢快了，他们洗了脚，换了干净的便鞋，抽起了长烟袋。

你带的这本大部头书太宝贵了啊！因为轻装上阵，你只带了三本书。你尽心尽力地读着每一页上的每一个文字，尽可能慢慢读，让"读完"这件事来得慢一些，因为读完的那一刻太可怕了。你对写大部头作品的作家可谓感恩戴德，翻翻那厚厚的书页，算算你能多久将它"享用"完毕，真希望书能再厚点。你不需要书的内容清晰明确，那种书读起来太快。你喜欢措辞复杂，句子只有读两遍才能明白意思的书，书中丰富的比喻让你的想象力无限伸展，众多的言外之意让你获得认知的愉快，这样的书是物超所值的。今天，你从早走到晚，四十英里的路你步行了二十多英里，这时候若来一本情节构思巧妙，内容却不深奥的书，再合适不过了。

客栈里突然人声鼎沸，你朝外一看，发现来了一些坐着轿子的中国旅客。他们住进了你两边的房间，一直聊到深夜，薄薄的墙壁挡不住他们洪亮的声音。你睡眼惺忪，舒服地躺在床上，享受着劳累一天后身体休息的快乐，用眼睛"描画"着窗格上精致的雕花，糊在窗上的纸已经破了，院子里暗淡的灯光从破洞处透了进来，那些雕花衬在光下是黑色的。最终，客栈安静了，只有隔壁有人在痛苦地咳嗽，咳了一次又一次，是肺结核病人特有的咳嗽声，整晚时不时传进你的耳朵里，你在想可怜的家伙还能活多久，你庆幸自己强健有力。接着就听见一只大公鸡高声叫起来,声音似乎是从你头后方传过来的。不远处,一个号手吹响喇叭,发出长长的呜咽声,客栈开始动起来,灯点亮了,苦力们整好行囊,准备出发。

十 荣耀酒馆

荣耀酒馆是杂货店一个角落里用镶板隔出来的小隔间而已,大约四英尺高,位于二楼,要上一段像甲板梯一样的楼梯才能进去。因此,你坐在桌旁的木凳上时,就能对杂货店的存货一览无余了:店里有一卷卷绳子,油布,厚重的橡胶长靴,风灯,火腿,各种罐头,各种酒,可以带给妻儿的仿古董玩意儿,衣服,还有叫不上名字的东西,反正外国船舶在东方港口想买的东西这里应有尽有。你还可以看见中国人、买卖人、顾客,他们带着欢快的神秘表情,似乎在做什么违法的勾当。你还能看见走进商店的人,肯定是朋友请他来"荣耀酒馆"陪你的。透过商店宽宽的大门,可以看到阳光洒在人行道上,苦力们身负重担,急步小跑。中午时分,人们开始在酒馆聚集,来了两三个舵手,还有汤普森船长和布朗船长,这两位老船长在中国海上航行了三十多年,现在陆地拥有舒适的小憩居所。和他们一起来的还有来自上海的一艘货船船长，一两家茶行的大班。小店员静静地站在一旁等候客人点单，下单后，他端来酒，拿来骰子盒。起初，这一班人有一句没一句地聊着：某天，一艘去福州的船失事了；"安昌号"上的轮机员麦克林打桥牌赢了不少钱；领事夫人乘坐"皇后号"从家乡出发了等等。但是骰子盒在桌上转了一圈，输了的人写了欠条，酒杯空了，骰子盒开始转第二圈。小店员又端上酒来，这一班人已经开始有了醉意，舌头不听使唤了，桀骜不驯的他们也开始有了柔情，说起了"想当年"的事儿。其中一个舵手五十年前就到过这个港口，那时候的日子美好极了。

他面带微笑地说："那个时候你才应该看看这个荣耀酒馆呢。"

那是茶叶生意大火的时代，总有三四十条船泊在港口，等着装货。大家的腰包也鼓鼓的，港口生活的中心地带就是荣耀酒馆了。如果你想找人，那就来荣耀酒馆找好了，你要找的人不在酒馆，就在往酒馆来的路上。荣耀酒馆是代理商和货船交易的地方。那时的医生没有上班时间，他中午来荣耀酒馆，有病人就在酒馆接诊。那时候，人们酒量也好，客人中午来，一喝就是一下午。如果肚子饿了，店员就端来吃的。然后，他们再喝一晚上。那些人还赌博，有人能把自己赚的所有钱全押在一局纸牌上，输赢都在荣耀酒馆，那真是一去不复返的好日子哟！现在，贸易没了，港口的茶船寥寥无几，荣耀酒馆已不入亚洲石油公司的年轻人、怡和洋行的年轻人的法眼喽。老舵手讲着讲着……那一刻，光线暗淡，桌子污迹斑斑的荣耀酒馆里似乎挤满了昔日来自旧商船上那些身体健硕、粗犷鲁莽、喜欢冒险的人们。

十一　恐惧

旅途中，我曾在文格罗传教士家里住过一宿。文格罗的传教所盖在城外一座小山丘上，城里人口稠密。我首先注意到的是文格罗先生不同寻常的品味。他的房间陈设理念是践踏庄重。会客厅看上去很少利用，贴着艳俗的壁纸，墙上挂着圣经经文，挂着伤感的画作《灵魂的觉醒》和卢克·菲尔德斯的《医生》。文格罗要是在中国待久了，墙上可能还会挂硬红纸写的对联呢。房间地上铺着布鲁塞尔产的地毯，像美国人家一样放着摇椅，像英国人家一样在壁炉两边各放了一把呆板的扶手椅。沙发摆在那里，没人往上坐，沙发看上去冷冰冰的，也没人想往上坐。窗户上挂着蕾丝窗帘。休闲桌东一张、西一张地放着，上面摆着照片，古董架上摆着现代瓷器。餐厅看来是经常使用的，整个餐厅几乎都被一张巨大的桌子占据了，坐在桌边就会被挤到壁炉上。文格罗先生的书房里摆了一屋子书，从地下顶到天花板上，桌上杂乱地放着纸张，窗帘是鲜绿色的，壁炉上放着一面藏族旗帜，壁炉架上摆了一排藏传佛像。

我说："不知道为什么，但我觉得你把家布置成了大学的宿舍。"

他答道："你这么认为？我在牛津大学奥利尔学院做过助教。"

文格罗传教士将近五十岁，个头高，结实却不臃肿，短短的头发已经花白，脸色红润。别人可能以为他是个生性快乐、爱笑的人，健谈、亲切。可他的眼神令你惊慌：那双眼睛严肃，毫无笑意，那种眼神我只能用"厌烦不堪"来形容。我想他是不是正有烦心事儿，自己是来得不是时候吗？可是，我莫名地觉得他那种眼神不是偶然的，而是一直都有的，我无法理解，他那种焦虑的眼神只有心脏病人才会有。他一会儿说东，一会儿说西，然后说：

"我听见我妻子回来了。我们去客厅怎么样？"

他带我进了客厅，把我介绍给了他的妻子。他妻子又瘦又小，戴着金丝边眼镜，神情羞涩。很明显，她和丈夫不是一类人。多数情况下，传教士们具有各种品德，唯独不具有我们所说的"好教养"，他们也许能成为圣徒，却无法成为绅士。见到文格罗的妻子，让我猛地意识到文格罗一定是个绅士，因为他的妻子不是个淑女，她说话语调粗俗。我从未在任何一个传教士家里见过这样的客厅陈设：地上铺着中国地毯，发黄的墙上挂着古老的中国画，两三片明代瓷片颜色贼亮。房间中央摆着一张紫檀桌子，雕花精美，上面摆着白瓷人物雕像，我对客厅的陈设不痛不痒地评论了几句。

女主人立刻接了话茬，说："所有这些中国玩意儿都不入我的眼，可文格罗喜欢得不得了，要是我能说了算，我要把它们统统撤光。"

我笑了，倒不是被她的话逗乐的。接着，我却瞥见文格罗眼神里闪过一丝冷冰冰的仇恨，但转瞬消失了，我心里震惊极了。

他温柔地说："亲爱的，你不喜欢，咱们就不要好了，可以把那些都收起来的。"

他妻子答道："你看着乐，就摆着好了。"

然后，我们便聊起我的行程，其间，我偶尔问起文格罗在中国待了多长时间。

他说："十七年。"

我吃惊了。

我说："每七年你都有一年的休假吧？"

他答道："嗯。但休不休无所谓。"

他妻子补充道："文格罗觉得把工作撂下一年不好哇。当然，没有他，我哪儿也不去喽。"

我想知道他为什么来中国。人们受到上帝感召的细节总是让我着迷，而且，人们通常愿意讲这段儿。尽管，怎么看待人们如何受感召这件事儿，还得靠你自己想，他们的话里听不出名堂，可我就喜欢听。但我个人感觉文格罗这个人不会谈起自己受上帝感召这件事儿的，你直接问他行不通，拐弯抹角骗他讲也行不通。显然，传教士这工作在他心里分量很重。

我问道："这儿还有别的外国人吗？"

他道："没有。"

我说："一定挺孤单吧？"

他眼睛盯着墙上的一幅画，答道："我还喜欢孤单呢。他们都是生意人，你懂的，传教指望不上他们。他们智商又不是特别高，所以摆脱他们也没有什么大不了的。"

文格罗夫人插话道："我们肯定也没真正孤单啊。这儿有两个福音传道士，还有两个年轻的教书姑娘，还有学生呢。"

茶端上来了，我们有一搭没一搭地聊着。文格罗似乎聊得很费劲，我越来越感受到他内心有股被压抑的烦乱之情。他举止表现得愉快，也装得很热情，但我能感觉到他装得费劲。我有意聊起牛津，说起他可能认识的各种朋友，但他却没有多少回应。

他说："我离家久了，和谁都没怎么联系。传教工作很繁杂，把人的时间全占满了。"

我觉得他有点夸大其词，于是说道："你有那么多书，看来你读书的时间很多吧？"

他答道："很少读。"语气唐突，声音都变了。

我不明白了，这个文格罗很奇怪。最终，他说起了中国人，我猜这个话题是他逃不过的。文格罗夫人对中国人的评价和其他传教士给我说的无异。她说：中国人撒谎，不可信，残忍，不讲卫生。但他们还是可以被感化的。虽然传教的结果目前收效不大，但未来可期。中国人已经不信他们过去信的神了，中国文人墨客也没什么影响力了。文格罗夫人对中国人的态度是夹杂了乐观的不信任、不喜欢。比起他夫人对中国人的苛责，文格罗对中国人的看法要平和许多。他细细地说起中国人脾气如何好，对父母如何孝顺，对孩子如何慈爱。

他夫人插话说："文格罗听不得旁人说中国人不好，他爱死中国人喽。"

文格罗答道："我觉得他们有很多好品格。走在熙熙攘攘的街道上，你没注意到吗？"

他夫人笑着说："文格罗肯定也没闻到臭味儿，我敢保证！"

就在那一刻，有人敲门，进来了一位年轻女子。她身穿长裙，一双天足，是本地的基督徒，脸上挂着刚刚挤出来的谄媚表情，其中又夹杂着郁闷，给文格罗夫人悄悄说了几句话。这时，我碰巧看到了文格罗的脸。他看到那女子进来，脸上闪过一丝极度的身体上的反感，身子扭曲的样子好似自己被什么气味儿恶心到了，这种表情转眼又消失了，他咧开嘴，挤出一个愉快的微笑，但脸似乎抽筋了一般。他装得太过头了，那笑容竟变成了一个饱受折磨的鬼脸，我惊愕地看着他。文格罗夫人说了声"失陪"，便起身出去了。

文格罗说："她是我们的一位老师。这姑娘很能干，性格也好，我特别信任她。"文格罗说话时，还是带着那种让我迷惑的语调。

我也不知道是为什么，但一瞬间，我看到了真相，他骨子里憎恨自己愿意爱的一切东西。我顿时兴奋起来，好比一个探险者经历了千辛万苦，出乎意料地来到一个全新的国度一样。文格罗饱受折磨的眼睛已经背叛了他，也告诉我为什么会有不自然的声音，赞扬时谨慎又压抑，还有他那种猎人般的气势。虽然他嘴上说得漂亮，实际上他恨中国人，与他对中国人的仇恨相比，他妻子糟糕的品位就不算什么了。他走在人来人往的大街上时，痛苦不堪，反感传教任务。他的心就像苦力们裸露的肩膀，担子不停地磨蚀着已经鲜血淋淋的伤口。他不愿回家，那是因为他受不了再次看到自己最在乎的景象；他不愿读书，因为读书会让他想起自己深深爱着的那种生活。他之所以娶这么一位粗俗的太太，或许就是要把自己每一个细胞都渴望的过往和现在切断。他用热情的夸张方式折磨着自己已经百般煎熬的心。

我力图要看清楚他是怎么被上帝感召的。过去在牛津简单的生活一定让他很快乐，那时，他也热爱工作，有工作可做，有书可读，还可以去法国、意大利度假，他还有什么不满足呢？他别无所有，只愿就那样快乐地终了一生。他不应该是被潜意识里自己活得太懒、太知足征服的，我猜他一直信奉基督教。有人说上帝会嫉妒那些活得安逸的子民，从小他就对此很笃定。只是后来有段时间忘了，但这种信念在他内心深处存在，搅得他不得安宁。在我看来，他对自己的生活太过满足，连自己都觉得有罪，内心被这个想法啃食着，无论理智怎么想，直觉总认为自己会受到永久地惩罚，因此会吓得发抖。不知他是如何想起到中国来的，但起初他内心是坚决抗拒这一想法的。然而，他抗拒得越强烈，那个念头就越强烈，挥之不去，缭绕心头。我想他肯定嘴上说了不去，可心里却觉得不得不去。那时，上帝整天追着他，让他没有藏身之地。他用理智说服自己不去，可心却不同意，他阻止不了自己。最后，他屈服了。

我知道自己将来不会再和他见面，也没有时间和他先拉家常，然后，慢慢熟悉起来，再聊一些比较隐私的话题。于是，我便抓住这个独处的机会，问道："你信不信上帝会判那些不信基督教的中国人有罪呢？"

我敢保证自己问得很直截了当，文格罗不由自主地

有点咬牙切齿,不过,他还是回答了:

"福音教义引导人们下这样的结论,没人能引用耶稣简单而有力的话得出相反的结论。"

十二　画作

不知他是去都城办事的官员，还是去求学的学生，也不知什么原因耽误了他的行程，让他搁浅在了这家分外让人难受的客栈里。中国的客栈本来就让人不舒服，这一家可称为其中之最。他雇的一两个挑夫可能躲到某个角落里，正在抽一泡鸦片，寻不见影子（那个地方的鸦片便宜，苦力们的雇主也要做好准备应付自己雇的苦力惹的麻烦）。也许是倾盆大雨挡住了他的去路，让他心不甘情不愿地在这里"囚禁"半个时辰。

客栈的客房很低矮，伸手便能触到房梁，泥巴墙上刷着脏兮兮的白石灰，许多地方的墙皮已经剥落。房里四周放着简陋的小床，上面铺着稻草，这是给客栈的常客——苦力们准备的。唯有太阳在这郁闷的小脏屋里能给人一点慰藉。阳光照进装了窗格的窗户，一束金色的光芒，射到屋里踩实的泥土地上，投下一片盘根错节、形状丰富的光影。

为了打发时间，他拿出石砚，倒了点水，拿出一方墨磨起来。然后，抓起毛笔，大胆地在墙上画了一枝梅花，还有一只小鸟栖在枝头。他画得很轻松，那种轻松令人叹服。不知是什么机缘巧合让他有了这般灵感：小鸟栩栩如生，梅花在枝头轻颤，暖暖的春风拂过梅花枝头，吹进这间脏屋子，就那么一瞬间，你与永恒有了联系。这位画师不但会画，还能写，他对自己的书法甚为得意。他写的摘自《论语》的箴言是友人向往的藏品。

十三　英女王的代表

这位英国领事比一般人矮，长着一头棕色头发，硬得像刷子，留着短短的胡子，戴着眼镜，蓝色的眼睛透过镜片看过来时，满是咄咄逼人的眼神，眼睛看起来也有点变形。他神情得意扬扬、目中无人，让人想起公麻雀挺着胸脯的样子。当他叫你坐下，问你的职业，手里翻动四散在桌上的文件时，你会觉得自己是在他正忙于要务时打扰了他，而他正在找机会把你打发到你该去的地方。他的官架子端得淋漓尽致。在他面前，你只是区区一个群众，一个他无法逃避的麻烦，你存在的合理性只在于叫你干什么，你就干什么，不许争辩，不许耽误。然而，即便是当官的，也会有自己的弱点，总有那么一个时刻他会发现自己不给别人发发牢骚，工作似乎就没有尽头。人们似乎都认为他傲慢专横，传教士尤其这么认为。他要你相信在他心里绝大多数传教士都是好的。当然，很多传教士都很无知、没有理智，他不喜欢传教士的态度。他管辖的区域里大多数传教士都是加拿大人，他个人不喜欢加拿大人。但若说他摆出一副比那些加拿大传教士优越的样子（听到这种话他把夹鼻眼镜夹得更紧了），那纯粹是胡说。相反，他要特意帮助那些人，不过他只是用自己想要的方式帮助他们，不是用他们需要的方式帮助罢了，他的性格难免要这么做。听他说话，别人很难不微笑，因为他说的每一句话都让你感觉到他很痛恨被自己控制的那些人。他行为粗鲁，而且还生出一种能让你振作到无以复加的程度的本事。总的来说，他就是一个自负、易怒、惹人厌的矮子。

革命时期，对峙两方在城里交火，他因侨民的安全，需要去见南方的将军，进入衙门的时候，碰巧看到三个囚犯被带出去执行死刑。他拦住行刑队的队长，问清原因后，竟开始激烈地反对枪决那三个犯人。他认为那三个人是战俘，杀了他们太残暴了。那队长说他在执行命令，据领事说队长态度很粗鲁。领事无法忍受一个该死的中国官员那样无礼地对他说话，于是和他们争执起来。有人给将军通报了外面的情况，派人出来请领事进去见他，可领事坚持要把那三个吓得脸发绿的苦力囚犯安全地交到他手上，否则就不进去见将军。行刑队长把他揍到一边，命令部下瞄准囚犯，然而，领事（我能想象到他扶端眼镜，怒发冲冠的样子）向前跨了一步，站在举起的步枪和三个可怜的囚犯中间，他让士兵开枪，然后咒骂他们。士兵们犹豫了，场面一片混乱，叛军明显不想射杀一位英国领事。我猜有人慌慌张张地去请示了将军。最后，那三个囚犯交到了领事手上，这位矮个子领事胜利地打道回领事馆。

"可恶！"他狂怒地说道，"我以为那些笨蛋真要厚颜无耻地朝我开枪呢。"

英国人真奇怪！如果他们的举止能像他们的勇气一样令人称赞，便能对得起自己对自己的评价了。

十四　鸦片馆

舞台上的布景令人印象深刻。屋内灯光昏暗，屋子低矮、肮脏，一盏灯在一个角落里神秘地燃烧着，灯后闪着一个可憎的人影，剧院里烟气缭绕，味道特殊。一个留着辫子的中国人来回游移，表情冷漠，郁郁寡欢。小破床上躺着几个鸦片鬼，神情恍惚，时不时胡乱喊几声。几个穷鬼，没钱买鸦片销魂，对鸦片贩子一会儿求爷爷告奶奶，一会儿又咒又骂，只为讨一口鸦片抽，过过瘾，这一幕太戏剧化了，这样的情节我在小说里也读过，看得我心寒。一次，一个汉语讲得很流利的欧亚混血儿带我去了一家鸦片馆，那里的楼梯弯弯曲曲，让我足以相信楼上的情形一定不出我的预料，我会被震撼的。结果，上楼之后，我进了一间整洁的屋子，灯火明亮，屋内打了卧榻，分成了隔间，卧榻干净舒适。一位上了年纪的老爷在一个隔间里，他头发花白，手修长，正在静静地翻看报纸，他的长烟管放在身边；另外一个隔间里躺着两个苦力，烟管放在两人中间，他俩轮着装烟泡，轮着吸，两人年轻健康，对我友好地笑笑，其中一个还要请我抽一泡；第三个隔间里四个人蹲在地上下棋，离棋盘远点儿的地方有另一个人在逗一个婴儿玩，神秘的东方人总是喜欢小孩。小婴儿的妈妈可能是这家店的老板娘，体态丰满，表情愉快，看着自己的孩子被别人逗，笑得合不拢嘴。这家鸦片馆舒适如家，让我想起柏林的私人啤酒屋，工作劳累一天的人傍晚可以去啤酒屋，安逸个把小时。小说真是比现实奇特。

十五　最后的机会

　　她明显是到中国来找人结婚的，真令人同情，悲剧的是通商口岸的所有人都知道这件事儿。她三十岁，一头金发，高大健硕，没什么身材，手脚粗大，还长着一个大鼻子，总之，她的五官都可以用"大"来形容，可那一对蓝眼睛还是很动人，她对自己动人的蓝眼睛颇有自知之明的。白天，她穿着得体的靴子，配短裙，戴宽边软帽，风度翩翩。可一到晚上，为了更加突出她那双蓝眼睛，便换上那件不可名状的蓝色丝绸裙子，或蓝色袍子，天知道是哪个下里巴裁缝照插图上的模特"画的瓢"。她打算要吸人眼球时，别人便会特别不自在。她希望自己成为未婚男士的知音。于是，有人说起射箭时，她津津乐道，有人聊起茶船时，她听得津津有味，有人聊起下周的赛马时，她装嫩得拍手。她酷爱和一个美国小伙子跳舞，还设法让小伙子答应带她去看棒球赛。可她在乎的不止跳舞（好事可以多多益善），她还喜欢和一位上了年纪的大公司的大班打高尔夫球；喜欢让一位在战争中失去一条腿的年轻人教她打台球；还乐此不疲地关注着一位银行经理，这位银行经理曾给她说过自己对金钱的看法。她对中国人不怎么感冒，因为中国人在她的圈子里本就没有什么好形象。但同为女人，她禁不住要为中国女人的处境打抱不平。

她这样解释自己的做法："中国女人在婚姻上没有发言权，全凭媒妁之言，男人结婚前都没见过自己要娶的人，根本没有浪漫可言，就爱而言……"

她一时说不下去了。她脾气很好，不论丈夫年少年老，她都可以做贤妻的。对此，她心知肚明。

十六　修女

白色的女修道院矗立在小山顶上,躲在树木的阴凉里。我站在修道院门口,等待让人通报。山下的河水浑浊,在阳光下闪闪发光,远处群山连绵。接待我的人是修道院院长。院长性格温和,长相甜美,声音温柔,南法口音。她领我看她负责的孤儿,那些孩子笑容羞怯,正在做花边,是修女们教她们做的;她带我去医院看得了痢疾、伤寒、疟疾的兵,那些兵浑身脏污不堪。院长说她是巴斯克人,透过修道院窗户看到的群山让她想起比利牛斯山。她在中国待了二十年,说看不到大海有时候真让她难过。修道院座落在大河上,离海有上千英里。我知道她出生的那个地方,她便和我说起山上那些修葺很好的路,中国的山上没有那样的路。还说起葡萄园,说起那些美好的小村庄,村里潺潺的小溪绕着山脚下。可是,中国人是好人,这些孤儿手很巧,也很勤奋,中国男人喜欢讨她们做老婆,就因为她们在修道院学得一技之长，婚后还能靠针线活儿贴补家用。那些兵也不是人们说的那么坏，他们毕竟可怜，也不想当兵，他们很快就能回家种地了。那些兵对照顾他们康复的修女心存感激，有时，他们坐轿子碰到上城里买了东西回来的修女，会把修女们提的大包小包装到轿子上。实际上，他们心挺好的。

我问道："难道他们不会下了轿子，让修女坐吗？"

院长宽容地笑了笑，说："修女在他们眼里只是女人罢了。我们不能索求别人无法给予的东西。"

院长的话没错，但是，记住这句话，可不容易。

十七　亨德森

要是看到亨德森能忍住不窃笑，太难！他真是个表里如一的人。要是在俱乐部看到他读《伦敦信使》，或者在酒吧懒洋洋地享受杜松子酒，享受苦啤酒（他不喝鸡尾酒）的样子，那种与众不同一定能吸引人的眼球，但别人也能一眼就看出他是自己那个阶层的典型代表。他的与众不同其实是他那个阶层的惯常表现，他里里外外都合乎自己所属的阶层：留着乱糟糟的长发，身穿宽松低领衣服，露着一截粗脖子，衣着宽松、略显寒酸，但剪裁考究，脚蹬耐穿的方头靴子，嘴上时常叼着石楠根烟斗，对吸烟也颇有一番幽默的见解。亨德森个头不算矮，体魄强壮，长着一对儿好看的眼睛，说起话来声调快活，从不打磕绊。他时不时地说点下流话，这倒不是他思想猥琐，只是偏爱平民大众的喜好罢了，大家可以脑补一下他和作家切斯特顿喝啤酒的样子，也可以脑补一下和诗人贝洛克一起徜徉在萨塞克斯郡丘陵地的神情。亨德森在牛津大学踢过足球，可和科幻小说家威尔斯聊起牛津大学时，却对这座古老的学府不屑一顾；他认为萧伯纳已经过时，却对剧作家巴克充满期望；他和经济学家韦布聊过很多严肃的话题，自己却是"费边社"的成员。在他眼里世上唯一轻佻的东西是俄罗斯的芭蕾舞。他写打油诗，主题从妓女、狗、路灯杆，到牛津大学莫德林学院、酒吧、乡村牧师住宅，五花八门。他看不起英国人，看不起法国人，也看不起美国人，虽然他不厌世，却又听不得别人说泰米尔人、孟加拉人、卡费尔人、德国人、希腊人的一句坏话。俱乐部的人都认为他相当荒诞。

他们说："亨德森是社会主义者，你懂的。"

可他是一家令人仰慕的著名公司的小股东。中国有个怪现象：个人地位可以对个人癖好保驾护航。打老婆的人臭名昭著，若打人者是大银行的经理，别人就会对这个"家暴男"以礼相待，还会请他吃饭。因此，亨德森宣告出他的社会主义想法时，俱乐部里的人对此一笑而过。亨德森刚来上海的时候拒绝坐黄包车，让一个和他一样的人拉着他到处跑，有违他对个人尊严的看法。于是，他时常步行，而且，执念步行是让他身体健康的好锻炼。此外，步行让他极度口渴，他愿意花二十大洋买啤酒解渴，他喜欢喝啤酒。然而，上海天气炎热，有时他又着急赶路。于是，他偶尔也迫不得已乘坐黄包车。可是，虽然方便，但他坐得不舒服。现在，他却成了黄包车的常客，但心里总在自觉拉车的人和他一样是人，亲如手足的人。

我见到亨德森时，他已经在上海待了三年。有天早上，我和他坐着黄包车在上海逛街，穿梭于商店之间。拉黄包车的两个小伙子汗流浃背，时不时拿出皱皱巴巴的手绢擦汗。我们当时是去俱乐部的路上，眼看马上就到了，结果亨德森却想起来他要买刚刚进口到上海的大哲学家罗素的新书。于是，他喊住两个车夫，叫他们折回去。

我劝道："吃完午饭再买不行吗？车夫们热成狗了，大汗淋漓啊。"

他答道："热得出汗对他们没坏处。你别在意中国人，我们在这儿是因为他们害怕我们，我们是统治民族。"

我无语！笑都笑不出来。

他继续道："中国人喜欢有主人，他们愿意受人摆布。"

一辆车从我俩的黄包车中间驶了过去，等他再靠过来时，已经不提刚才的话题了。

他说："你们在英国的人不明白进口到上海的新书对我们意义有多大。罗素的书我都看过。新的这本你看了吗？"

我答道:"是《自由之路》吗?我离开英国之前读了。"

他说:"我看了几篇书评,罗素的一些观点很有意思。"

我以为亨德森要详细说书评了,但这时黄包车错过了该转弯的地方。

他大喝一声,道:"蠢货!转弯!"为了让他的话更有分量,他冲车夫屁股狠狠踹了一脚。

十八　黎明

　　夜色还未褪去，客栈的院子里到处是一块儿一块儿的黑影。灯笼的光断断续续地照在苦力们身上，他们正忙着准备路上的挑担，一边喊叫，一边笑，气冲冲地彼此争论着，高声地吵闹着。我走上街道，由一个挑灯笼的孩子引着往前走。家家户户大门紧闭，门里公鸡在打鸣。许多店铺里的遮板已经打开，不知疲倦的人们已经揭开漫长工作日的序幕。有的店里学徒在扫地，有的店里有人就着油灯的光在洗脸洗手。路过一家客栈时看到六七个人正围着桌子吃早饭。卫门关着，巡夜的人让我出了边门。沿着墙，靠着一条缓缓流动的小溪前行，天上的星星把自己明亮的影子投在河面上，我到了大城门边上，门已经半开了。出了城门，四周阴森森的，我一头撞进了黎明的怀里，面前是开阔的乡野，还有即将到来的白天和漫漫长路。

　　熄了灯笼，身后的黑暗淡成了一团紫色的薄雾，我知道，不久以后，这团薄雾就会燃起一片玫瑰色的光。我能清楚地辨出堤道，稻田里反射出暗淡朦胧的光。夜色完全褪去了，但天还未大亮，山丘、山谷、树木、河水有一种脱俗的神秘，此刻的美最让人捉摸不透。太阳刚升起的时候，有那么一刻，尘世阴郁惨淡，光冷冰冰的，灰蒙蒙的，就像投进画室的光一样，没有五彩的图形可以把地面分割成几何的图案。走在林木茂密的山脊上，可以看到山下的稻田，说它们是田地，有些夸张，它们只是新月形的小块儿地，多半建在半山坡上，形成楼梯状，这样才能灌水。小山谷里长着冷杉树和竹子，它们排列整齐划一，仿佛是技艺高超的园丁种植的，不是天然长成的。在这迷人的时刻，眼前的景像不是卑微的劳作，却是欢愉的皇家花园，帝王在此没有国事的烦恼，身着龙袍，佩着名贵的玉佩，和他那倾国倾城的妃子嬉闹取乐，上了年纪的皇帝愿意只要美人，不要江山，后人对此也觉得无可厚非。

天渐渐大亮了，稻田里升起一片薄雾，缭绕在平缓的山丘中腰，眼前的景色千变万化，是老夫子们的最爱。小山丘上的树木一直长到山顶，冷杉树映衬着天，在山顶站成一排坚实的剪影。山头一个连着一个，薄雾也有了层次，变成了一种图案，让眼前的景完整起来，却让人不乏想象。竹子沿着堤道一路排下去，清瘦的竹叶在似有似无的微风中颤动，它们形态优雅，仿佛一群大明王朝的贵妇从寺庙烧香归来,正在路边踩着自己的"三寸金莲"慵懒地休息,她们的衣服花团锦簇,玉质头饰价值连城。她们优雅地闲聊着,对有分寸的"闲聊"就是修养的体现把握得恰到好处。没过一会儿,她们复又钻进轿子里,准备启程。堤道峰回路转,这些竹子,哦!这些中国的竹子让某些神秘的薄雾幻化了,看起来仿佛是英国肯特郡田野上的蛇麻子草。你还记得蛇麻子的香味吗?还记得厚厚的草坪吗?记得修在海边的铁路吗?记得亮闪闪的海滩吗?记得凄凉灰暗的英吉利海峡吗?海鸥飞起,划开冬天的清冷,悲伤的叫声令人不忍卒听。

十九　法国人的荣誉感

如果两国彼此抱有成见，那么它们无法友好相处。法国的邻国对其成见之深，恐怕没有哪个国家能与其比肩。法国在邻国眼里是一个轻浮的民族，深邃的思考力与其无缘，他们粗鲁无礼，缺乏道德，不可信赖。即使别人承认的美德（至少英国人承认），如聪明、快乐，也是别人对他们的怜悯，这些美德在盎格鲁撒克逊人眼里根本不算什么美德。谁也没想到，法国人骨子里还是很严肃的，他们最关心的竟然是自己的尊严问题。法国作家拉罗什富科对普罗大众的人性有敏锐的判断力，对法兰西同胞的人性更是了如指掌，他把《论荣誉》作为自己判断人性的中心问题，真是一点都没错。法国人对待"荣誉"总是小心翼翼，这就让其邻居英国人忍俊不禁。英国人可是习惯了自我幽默啊。"荣誉"一词在法国人眼里就是活力，如果你记不住法国人对"荣誉"的敏感，你就无法了解法国人。

每次我看到斯廷沃德子爵开着他的豪车，或是坐在他自己桌子前头时，对"荣誉"的那些思考都让我浮想联翩。他在中国代表着法国的某项重要利益，据说他在法国外交部的权力大过外交部长本人的权力。外交部长和子爵之间从未热情过，部长憎恨自己的某个同胞背着自己和中国打交道，这也很自然。子爵在法国受到的尊敬全都体现在他双排扣长礼服衣襟上的红扣子上了。

子爵的头长得不错，就是有点秃了，秃得不难看，是法国小说家笔下的"轻微秃顶"，这样一来，残酷的事实灼人的火力就降了一半。他的大鼻子和伟大的威灵顿公爵如出一辙，耷拉着眼皮，黑色的眼睛炯炯有神，胡子极其潇洒，盖住了一张小嘴，手指白皙，戴满了戒指，总是捻着胡子的末端转啊转，肥硕的下巴挤成三层，让他显得更加高贵，躯干庞大臃肿，坐在桌子边吃饭的时候总是坐得有点远，似乎不情愿吃饭，只是坐下来用一些点心而已。但是，造化弄人，命运和他开了个小玩笑，比起庞大的躯干，他的腿可谓很短了，即便坐着像个高个子，可一站起来，你就会吓一跳，因为他比一般人都矮。就因为身高，他坐在桌旁时，开车逛城时，派头十足，威风凛凛，要是和你挥手打招呼，或夸张地行脱帽礼，你会觉得他眼里能装下别人，真是和蔼得不同凡响啊。他身穿黑色衣服，长头发，没留胡子，和法兰西国王路易·菲利普的政客们一样得体，看人的眼神自命不凡，一本正经，就像法国画家安格尔画作中的人物一样。

人们常听说有人说话像本书，斯廷沃德子爵说起话来像本杂志，不像文学杂志，也不像打发时间用的休闲杂志，而像一本博学多识、影响力颇广的杂志——《两个世界评论》，听他讲话是一种款待，虽然有些疲劳。他语速流畅，仿佛同一件事情已经重复了无数遍，从不踌躇，要说的话条分缕析，用词精当，平淡无奇的事情到了他嘴里，就变成了名言警句。他足智多谋，打趣法国的邻国，是他的一项乐趣。他要是说了特别恶毒的话，就会说"缺席总是错误的"，他试图要给这句古老的格言加点新意。他是个虔诚的天主教徒，却把自己美化成一个不保守，有名望，爱物质，讲原则的人。

斯廷沃德子爵是个可怜的人，却雄心勃勃（名望是高尚灵魂的最后一根软肋），为了获取丰厚的嫁妆，他娶了一位蔗糖生意掮客的女儿。现在，他娶来的女人涂脂抹粉，染着头发，穿着考究。他娶她时，能把自己的贵族姓氏赐予她，却无法把自己时时处处都存在的个人荣誉感也赋予新娘，这一点一定令他很痛苦。和许多大人物一样，斯廷沃德子爵也娶了一个对自己极其不忠的妻子。然而，他却用勇气和那份特别的尊严承受了这份不幸，还把事情处理得非常妥当。这个厄运歪打正着地让他在朋友心目中高大了起来，成为大家同情的对象，变成了别人心目中虽然戴了绿帽子，却是个有素质的人。只要子爵夫人找了新欢，子爵就要求岳父母给他一笔数量可观的钱，补偿对他名誉的践踏。传说他的价码是二十五万法郎，但以今天的银价看，我想他的生意人岳父母肯定坚持以美元支付。子爵已经是个有钱人了，但等他妻子人老色衰的时候，子爵无疑会成为一个富翁。

二十　负重的"牲口"

起初，看见重担下的苦力走在街上，非常惹眼，竟看起来让人有点愉快。他穿着破破烂烂的蓝色衣裤，身上的蓝色五花八门，从靛蓝，到蓝绿，再到薄云遮蔽的天空的淡蓝，那些蓝色总能在周围景色里找到对应。蓝色的苦力跋涉在稻田间的堤道上，或费力地爬上绿色的山丘时，他便和四周融为一体。他只不过穿了一件短褂，一条裤子而已，他的衣服起初可能是一整块儿布做的套装，但缝补的时候，苦力不知道补丁应该找同色的，随手用了能找到的颜色的布块。不论阴晴，他总是头戴一顶状如灭火器的大宽平沿草帽。

一排苦力走了过来，一个跟着一个，肩上挑着担子，担子上拴着两个大包，他们构成一幅令人愉悦的图画，从稻田里看他们匆匆前行的倒影极其有趣。苦力们经过你身边时，你看看他们的脸，如果你没有根深蒂固地认为东方人都神秘莫测的话，你可能要说他们和善坦诚了。你看到他们躺在路边祠堂边的菩提树下，抽着烟，愉快地聊着，你要是过去提一提他们挑的大包，想想他们挑着这样的重担，一天要走三十多英里，你一定会仰慕他们的耐力和毅力。然而，如果你敢和在中国居住很久的外国人提起自己对苦力的钦佩，你定会成为他们眼中的荒谬分子。那些外国人会宽容地耸耸肩，然后告诉你：苦力只不过是"牲口"，两千多年里，子子孙孙都驮重担，无一例外，所以啊，他们乐此不疲是有原因的。的确，你也见过年纪小小的孩子挑着一根扁担，担着沉甸甸的菜篮子，蹒跚向前。

日头升高了，气温也高了。苦力们脱掉上衣，裸着上身赶路。有时，苦力也歇脚，只是把大包卸在地上，担子依然靠在肩上。这样，他能稍微撑在担子上歇一会儿。这时，你能看见他肋骨那里一起一伏，那是他胸膛里那颗疲惫可怜的心脏在跳动，这样的心跳只能在医院门诊病房的心脏病病人身上看得见，令观者异常痛苦。再看看苦力们的后背，重担日复一日、年复一年地压着，压出了一道道红色的硬疤，有时还有裂口的疮疤，那么大的伤口竟然没有敷药，没有绷带，就那么硬生生地和木扁担摩擦着。有时，也有怪事儿出现，苦力们背上会隆出一个"罗锅"，像骆驼的驼峰一样，扁担正好可以放在上面，这"罗锅"虽是畸形，但也算造化对苦力们悲惨遭遇的眷顾吧。尽管心跳突突，疮疤发炎，淫雨霏霏，烈日炎炎，苦力们一直挑着担子不停地走。从黎明走到黄昏，从年初走到年末，从孩童走到耄耋。你甚至能看到上了年纪的苦力，身上没有一丝赘肉，皮肤干瘪松垮，巴掌大的脸，皱皱巴巴，像个核桃，头发花白稀少，但还是挑着重担，踉踉跄跄，一路走下去，一直走到死为止，只有坟墓才是他们最终歇脚的地方。苦力们的确在走，并没有跑，但他们是侧身疾行，眼睛盯着地面，选着落脚的地方，脸上的表情紧张担忧。他们走远了，你也想不起他们的样子，只是他们的辛苦让你觉得压抑，你心里满是对他们的同情，却又无济于事。

中国负重的"牲口"竟然是人！

神秘的中国人这样形容苦力："人生苦累，转瞬即逝，路已定，再难改，谁人不道悲？苦海无涯，无福消受，殚精竭虑；忽离世，无处寻，谁人不垂泪？"[1]

---

[1] 该段话英文引自翟理斯（Herbert Giles）《庄子》英译本。文言文原文出自《庄子·齐物论》：与物相刃相靡，其行尽如驰而莫之能止，不亦悲乎！终身役役而不见其成功，苶然疲役而不知所归，可不哀耶！

二十一　麦大夫

我认识麦卡利斯特大夫的时候，他大概六十岁，仪表不凡，神采奕奕，生气勃勃。麦大夫较胖，但高高的个头把那一身肉很有尊严地包容了下来。他长着鹰钩鼻，浓密的花白眉毛，下颌轮廓清晰，表情坚毅，可以称得上英俊。麦大夫一袭黑衣，低领衬衣，打着白色领结，看上去好似老一代的英国牧师，说起话来声如洪钟，笑起来热闹响亮。

麦大夫经历不凡。三十年前，他以传教士医生的身份来到中国，现在，他和布道团保持着良好的关系，但自己已不是其中一员了。事情是这样的：布道团打算选个合适的地方建一所学校，地点是麦大夫提议的，想在拥挤的中国城市里找一片能修建的地方实属不易。布道团讨价还价，终于买下地皮，到了和地主谈判的时候，才发现地主根本不是中国人，竟然就是麦大夫本人。原来，麦大夫知道学校是非建不可的，合适的地皮也就这一块儿，于是，他从一个中国银行家那里借了钱，自己先把地皮买了下来。这样一来，麦大夫和布道团之间的地皮交易虽然公正无诈，但却有失道德，布道团的成员有认为这不是麦大夫的恶作剧，也有对他恶语相向的。尽管，麦大夫和布道团的成员关系良好，也非常认同他们的目的和利益，但这种情况下，他只能辞去自己在布道团的职务。麦大夫医术娴熟，不久便在中国人和外国人当中小有名气，病人不断。他还开了一家旅社，旅客食宿费用相当高，旅客对其不能在旅社饮酒的规定颇有微词，但他的旅社住起来比中国的客栈舒服多了，所以，麦大夫有些自己特定的规则也无可厚非。麦大夫足智多谋，他在临河的山上买了一大块儿地，建起了别墅，然后卖给传教士作夏天的避暑地；他还开了一家大商店，卖的商品从风景明信片、仿制的伍斯特古董，到针织套头衫，凡是外国人需要的东西，他的店里一应俱全。因为麦大夫很有商业头脑，他的商店生意兴隆。

麦大夫请我吃的那顿午餐真令我难忘。麦大夫的住所在自己商店楼上，是一套宽敞的河景公寓。公寓里住着麦大夫和他的第三任夫人。麦夫人四十五岁，带着金丝边眼镜，穿着黑色缎子衣服，也是一位传教士，麦大夫来内地的时候两人同行数日。除了他俩，还住着两位年轻女子，她俩刚刚加入布道团，正忙着学习汉语。餐厅墙上挂着麦大夫的中国友人送他的五十岁生日的寿幛。午餐极为丰盛，这是中国的惯例，麦大夫对丰富的食物心怀感恩，用餐开始和结束的时候都用低沉的声音做了长长的祷告，但听起来相当虚情假意。

我们回到客厅，麦大夫站在温暖的壁炉前，从壁炉架上拿了一个小相框给我看。

他问道："你认识这个人吗？"

相片上是一个年轻的传教士，身体非常单薄，穿着低领衬衫，打着白领带，一双大眼睛里满是忧郁，眼神深邃严肃。

"小伙子很精神是吧？"我耳边响起麦大夫低沉的声音。

我回答说："相当精神。"

相片里的小伙子可能有点自负，但年轻人的自负情有可原。不过，相片中年轻人的自负已经被明显的伤感抵消了。小伙子五官精致，可以称得上标致，那一双忧郁的眼睛特别动人，眼神中或许有盲信，但还有不畏牺牲的勇气，招人怜爱的理想主义，还有青春、率直，让人内心很温暖。

我把相框递回去，说道："小伙子长得太迷人了。"

麦大夫轻声笑了，说："那是我刚到中国的时候。"

那是他的照片！

麦大夫笑着说："没人认得是我了，可那千真万确是我啊。"

他撩起自己黑色衣服的下摆，稳稳地在壁炉前坐定，说："每次想起自己对中国的第一印象，我就要发笑。我料想自己在中国是要过苦日子、穷日子的。第一个让我吃惊的是自己坐的轮船，竟然有十道菜，还有头等舱，日子一点都不苦。我就对自己说，到了中国等着瞧吧！可是，到了上海，几个朋友接我，住在豪华的房子里，伺候我的仆人都很光鲜，我吃到了可口的上海菜肴，我就说，上海是'东方巴黎'，内地情形肯定不同。最后，我到了这个地方，我自己的房子还未准备好，便和布道团团长住在一起。团长住在一个院子里，房子建得很精美，屋内都是美式家具。我睡的那张床特别舒服，那是我第一次睡那么舒服的床。团长很热爱他的花园，园子里种着各式各样的蔬菜，吃的沙拉和美国的别无两样，还有种类繁多的水果。团长还养了头牛，我们能喝上鲜牛奶，吃得上新鲜黄油，我觉得自己从来没吃过那么多、那么好的东西。凡事自己根本不需要动手，连喝杯水都有仆人端过来。那时，正值初夏，大家都收拾好行李进山避暑。那时，还没有别墅，他们常在庙里避暑。我渐渐意识到，自己不会将就穷日子了，曾经以为自己要长期受苦受难呢。你知道我接下来干了什么吗？"

麦大夫想起往事，轻声笑了："我到这儿的第一个晚上，自己独处一室，竟然扑到床上，哭了，哭得像个小孩儿一样。"

麦大夫继续讲着，但我无法注意听他讲的话了。我在想，麦大夫怎么一步步地从相片上的那个少年变成了今天这副样子，他的蜕变过程才是我想写的内容。

二十二　路

这条路根本算不上路,只是一条堤道罢了,四英尺宽,铺着一英尺宽的石子,两乘轿子一起经过时,要小心翼翼地避让。堤道路况总体上良好,偶有几处铺路石子破碎了,或被稻田里的水冲走的,这些地方走起来不容易。一千多年前,这片土地上就有了城市,这些堤道就弯弯曲曲地沿着那些连接城市之间的路向前延伸着,穿梭于稻田间,泰然地经历着乡村的悲欢离合。能看出很久以前,建堤道的农民图的不是走得快,而是走得容易。离开大路,绕行乡间之初,你就能看出堤道是要通往没有交通要道的城镇的。堤道很窄,挑担子的苦力无法通过。如果你迂回走在稻田里的堤道上,苦力就得走到点种了豆子的稻田埂上,给你让路。现在,堤道上的石子没有了,在这一段踩实了的土路上,轿夫们走得十分谨慎。

旅途中,有人讲土匪的故事吓唬你,也有衣着破旧的士兵要护送你，这些都没有冒险可言，但一路上小插曲不断。首先，一路上看尽各式各样的黎明。诗人们用热情歌颂黎明，实际上，他们都睡懒觉，惺忪的睡眼打不开灵感之门，只能靠幻想获取灵感。仿佛月夜梦中见到的女子，风姿卓越，现实中的美女无法比肩，只不过她的美是幻想而已。大多数美丽的黎明并没有日落那样光彩夺目。人们不常看黎明，所以，它似乎格外变化多端。每一天的黎明都与众不同，因此人们可以想象，每天都会诞生一个与昨天不同的世界。

路旁的景象大同小异。一个农民，站在没膝的水里，用祖祖辈辈的原始犁头犁地，水牛用心险恶地把泥溅得到处都是，它的双眼满含讥讽，似乎在问：这没完没了的辛劳能换来什么结果？一位老妪走来，身穿蓝色罩衫，半短的蓝色裤子，裹着小脚，拄着长拐棍，好让自己走稳当一些。两个中国胖子坐在轿子里经过，与你擦肩而过时，好奇地盯着你看，但眼神却无精打采的。你见到的每个人都是一个小插曲，虽然微不足道，却足以让你幻想一阵子。不久，来了一位背着孩子漫步的年轻母亲，她皮肤光滑，仿佛淡黄色的象牙；又来一位满脸皱纹、面容神秘的老人；接着看到一位骨骼健壮，面庞丰满，身体魁梧的苦力，他们的出现令人悦目。除了看这些人，你自己费力地爬山，看见乡村不断在你眼前伸展，就能让你快乐。景色日复一日没有变化，但你每次看景，都会因为有不同的发现，心中为之小小一颤。每天都是同样的小山包，像一群绵羊，环绕着你，极目天地，它们一个接着一个。许多山头上，只长着孤零零的一棵树，好像故意要种成一幅图画——优雅的树形在天边画出轮廓。一畦竹子长得整整齐齐，优美地倾斜着身子，几乎把造型一致的农舍圈了起来，那些农舍的屋顶挤挤挨挨，舒服地嵌在绿树掩映的山谷中。竹子把身子探向公路，俏皮中透着优雅，它们像愿意被人奉承，不愿被人伤害的贵妇人，它们放弃开花，自信出身名门，即便放浪形骸，也不会流于放荡不羁。看到牌坊，不论是贞节牌坊，还是科第牌坊，都是村子或镇子的标志。经过破破烂烂的茅舍，或穿行于熙熙攘攘的街道上，对这里的居民只有那么一瞬间的感觉。屋檐之间撑着巨大的席子，遮住了晒在街道上的阳光，街道变昏暗了，拥挤的人群有了不自然的神情。你必定认为自己看到了阿拉伯旅人熟知的魔幻城的人们，夜幕降临时，你就会变成可怕的东西，除非找到解药，否则你就会变成独眼驴子，或变成黄绿相间的鹦鹉，然后，就那样度过一生。连店铺里卖的似乎都不是普通的东西，酒馆里可能为食客准备了可怕的食物。中国的城镇在初来乍到的人眼里长得都相似，而你却在相似中乐此不疲地找它们之间的细微差别。每个城镇主要的行业都能满足其居民的需求，但又各有各的特色。有的镇子盛产棉布，有的盛产线，有的盛产丝绸。此时，橘子树应该已经挂满金色的果实，但这里很少有橘子树，甘蔗却多。黑色丝绸帽子已经不多见了，人们戴着头巾，红色油纸伞也被亮蓝的布伞替代了。

  这些所见是每天的惯常的插曲，像生活中预料到的事情，目的是不让生活单调。工作，休息，会友人，春天万物复苏，冬天漫漫长夜，暮色中与家人围炉而坐。偶然，爱情降临，一切都容光焕发，让生活中的琐碎升华出不可思议的重要性；偶尔，在毫无防备的情况下遇到一位让自己失魂落魄的美人，日常节奏一下子被打破。透过薄雾，会隐约看见一座修在石崖上的屋顶恢宏的庙宇，庙宇周围流淌着自然形成的护城河，河水绿莹莹的，太阳照到庙宇的时候，你仿佛看到了梦中见过的中国宫殿，辉煌壮丽，如阿拉伯说书人梦萦魂牵的宫殿一般。或者，黎明时分，你走过一个渡口，离你不远处，一个艄公正摇着一叶小船，船上坐满了乘客，船的剪影投在朝阳里。突然，你认出那是冥府渡神。原来，他的乘客都是阴郁的亡人。

二十三　上帝的真理

博奇是英美烟草公司的代理商，驻扎在内地的一个小镇上。雨后的小镇街道淤泥有一尺厚，人都无法下马车，否则从头到脚都会溅一身泥水。川流不息的车马早把路面碾得七零八落，到处都是坑，即便像走路慢跑，呼吸也能颠簸断了。两三条街上都有商店，商店里的商品博奇都能背出来。还有那些望不见尽头的巷道，弯弯曲曲，两边是没有变化、绵延不休的围墙，墙上唯一的断点是紧闭的大门。那是中国人的家，他这个外国人不被接纳，同样，他周围的生活也不接纳他。博奇非常想家，他三个月都没和白人说过话了。

博奇干完了工作，无事可做，只好去散步。出了城门，道路坑坑洼洼，印着深深的车辙印。他一路闲逛，往乡村的方向去。山谷四周是荒凉贫瘠的山脉，这些山似乎要把他幽禁起来，他感觉自己远离文明，无法触及文明世界。博奇被这种透彻心扉的孤独感困扰着，但知道自己不能服软，可要坚定不屈，着实没那么容易，他几近忍无可忍的地步了。突然，他看见一位白人骑着一匹矮种马走过来，身后慢悠悠地跟着一辆中国马车，可能装着他的行李。博奇立刻猜到那是一位传教士，正要从驻地去往某个通商口岸。博奇高兴得心花怒放，他终于有个可以说话的伴儿了。于是，紧走几步，身上慵懒的感觉一扫而光，浑身来劲儿，他几乎是一路跑到骑马的人面前的。

他问道："嘿！什么风把你吹来了？"

骑马的人停住脚步，说了一个远方的镇子名，又补充道："我要去坐火车。"

博奇说："你今晚在我那里凑合一晚吧。三个月里我一个白人都没见到啊。我那里地方大，'英美烟草公司'你知道的吧？"

"英美烟草公司！"骑马的人重复了一遍，脸色却变了，先前笑眯眯的友善的眼睛透出冷冷的光，"我不想和你有任何瓜葛！"说着，踢了一下马屁股，继续赶路，博奇一把抓住缰绳，他简直不敢相信自己的耳朵。

"你说什么？"

"我不能和做烟草生意的人有任何瓜葛！放开缰绳！"

"可我三个月都没和白人说过话了呀！"

"这不关我事儿！放开缰绳！"

他又踢了马屁股一脚,紧绷着嘴,严厉地瞪着博奇。博奇气急败坏了,马儿往前走了,他还拽着缰绳不放,不但不放,他还咒骂起那个传教士。他把自己能想起来的骂人的话一股脑儿全骂了出来,骂得不堪入耳。传教士没有回嘴,只是赶着马儿往前走。博奇把传教士的腿从马镫里一把拉出来,传教士一个趔趄,差点摔下马来,幸亏一把揪住马鬃,样子非常狼狈。传教士半滑半滚地下了马,跟在他身后的马车此时已经来到他们面前,停了下来。赶车的两个中国车夫坐在车上看着两个白人,眼神满是无关痛痒的好奇。传教士气得脸色铁青。

"你这是袭击!你会为此丢工作的!"

"你见鬼去吧!"博奇大喊,"我三个月没见一个白人!你却不屑和我说说话。你还是基督徒吗?"

"你叫什么名字?"

"博奇是我的大名!该死的家伙!"

"我要告到你的上司那里!往后站!别挡我的路!"

博奇攥紧了拳头。

"滚!别让我揍扁你!"

传教士上了马,狠狠抽了马一鞭子,慢跑走了,跟在身后的马车也辚辚地上路了。又剩博奇一个人了,他一下子没了愤怒,竟不由自主地呜咽起来。贫瘠的山都比人心温柔,他转过身,慢慢向那座小小的围城走去。

二十四　浪漫

这一整天我都在顺流一路而下。这条河就是张骞曾逆流而上，寻找其源头的那条河。张骞在河上走了很多天之后，来到一座城。他在城里看见一个纺织姑娘，还看到一个年轻人牵着牛去河边。张骞去打听城的名字，那纺织姑娘却给了他一个纺锤，说："回去后把纺锤拿给占星家严君平看，他会告诉你城的名字。"张骞照办不误，严君平一眼认出那是织女的纺锤，并说张骞拿到纺锤的那一天那一刻，他看到织女星和牵牛星之间插进去了另外一颗星。张骞恍然大悟，原来，那日他到了银河。

我的航程没走那么远。过去一周，我那五个船工整天都站在船头，划呀划，船桨和权作桨架的木钉子之间吱吱呀呀的单调摩擦声从早到晚撞击着我的耳膜。有时，河水变得很浅，船底刮擦到河床时，小船颠簸得厉害。这时，两三个船工就卷起裤子，跳进水里，扶着船舷，喊着号子，把平底的船拖过浅滩。有时，河水湍急，虽然比起长江的急流，那根本不算什么，但逆流而上的船还是需要纤夫帮忙。顺流而下的我们经过纤夫身边时，听到他们喊着号子，冲开泛着泡沫的碎浪，船不久就进入平静如镜的水面了。

夜深了，船工都睡了，他们在船头的舱里挤成一团，黄昏停靠时，他们就这样草草收场的。我坐在床上，船舱是三个船篷连成的，上面盖着竹席，七天以来，我的起居饮食都在这狭小的船舱里。船舱的一头用镶板封死了，镶板和镶板之间张着大裂缝，这活儿真粗糙，刺骨的寒风顺着裂缝吹进来。白天，船夫们在没有镶板的船头划船，晚上，便在那里睡觉，舵手晚上也来和他们挤在一起。舵手穿着破旧的蓝衫子，罩着一件褪色了的灰褂子，头戴黑头巾，那根长长的桨就是他的舵。船舱里除了我的床，没别的家具。天气寒冷，地上放着一个浅浅炭盆，活像一个巨大的汤碟一般。我的衣服装在篮子里，权且做了个桌子。一盏风灯挂在船篷上，随着水波，左右荡漾着。船舱很低，幸亏我个头不高，刚刚能站直（对于身高，我通常用培根的话安慰自己：高个子的人，如同一所高房子，顶层总是空荡荡的）。一个船夫响亮地打起鼾来，可能吵醒了另外两个人，因为我听见了说话声。继而又没了声音，打鼾的人不打了，周遭恢复了一片寂静。

突然,我感觉到自己一直寻求的浪漫就在此地,正与我面对面,几乎要感动我了。这不是别的什么感觉,是一种被艺术震撼的感觉,可是,我穷尽一生,也无法说出是什么给了我那样一种鲜有的感觉。

活到现在,我时常在似乎很浪漫的情形中,只是不自知罢了。总是在回忆时把它同自己对浪漫的设想进行比较时,才会觉得过去的那一刻非常与众不同。我好似在看自己演的戏,尽力去想象某些发生在别人身上的精彩纷呈的事情,我的想象力让自己欢欣鼓舞,最终捕捉到它们难能可贵的所在。我曾与一位魅力超群、天赋异禀的英国偶像级女演员共舞过,也曾徜徉在某些名门望族家中的会客厅,与伦敦所有血统高贵,或智力超群的显贵们济济一堂,只在事后觉得那些时刻,尽管有些像英国小说家韦达笔下那些传奇的上流社会生活风格,却是一种浪漫。战争来临时,就算我自身安全,自己能兴趣盎然地看待战事,但却没有冷静的心智假装自己是个旁观者。我也曾在满月的夜晚,划船上过太平洋的珊瑚岛,岛上的美女、奇幻的景色给了我明明白白的幸福。然而,我对浪漫曾与自己相遇的兴奋也是后知后觉。只有一次,在纽约一家宾馆里,我依稀感觉到了浪漫。当时,我和六七个人坐在一起,计划如何修复一个古老的王国,这个王国的错行百年带给诗人灵感,激发爱国人士的热情。不过,我当时的心情多半还是讶异。因为,战争一触即发，我却在做一场自己并不擅长的生意，连自己都忍俊不禁。别人压根不觉得浪漫的时候，我的心却被浪漫攫住。我第一次察觉自己的不同是在法国西北部布列塔尼海边一所小房子里打扑克的时候。那天，隔壁房间里躺着一名奄奄一息的老渔夫，房子里的女人们说渔夫要去赶海了。那夜，没有盛怒的暴风骤雨，屋外的风用力撼动着上了百叶窗的窗户，狂啸着，海上的老勇士弥留之际，这样的陪伴再合适不过。海浪呼啸着，把自己摔在饱受折磨的礁石上。忽然，我狂喜起来，因为我感觉到了浪漫。

现在，当年那种狂喜又一次攥紧了我的心，浪漫仿佛有了具体形象，就站在我面前。可它来得太突然了，我好奇它是不是从风灯照在船篷上的影子里潜入的，还是我从船舱张望时，从上游顺水飘荡下来的。好奇心促使我要弄清楚此刻莫可名状的快乐来自哪里。于是，我出了船舱，来到船尾。与我的船并排泊着六七条舢板船，它们竖着桅杆，是向上游行进的，船上寂寥无声，船上的船夫睡梦正酣。夜不算漆黑，天气不算晴朗，却也满月当空，朦胧的月光下，河水竟显得阴森森的，远处岸上的树木笼在轻烟里，多么迷人的景色！一切都是平常，我所寻求的并非在其中，我便转身进了船舱。然而，进来之后，先前那种不同寻常的感觉却没有了！唉……我就像那个为了寻找蝴蝶的美，就撕开蝴蝶翅膀的人！不过，正如摩西与耶和华交谈之后，从西奈山上下来时，满脸愉快一样，我小小的船舱、炭盆、风灯、床还依旧拥有曾属于我的一刻感动，有那么一刻，我在它们身上看到了奇妙，现在，再也不能视它们为平庸了。

二十五　与众不同的风度

他很老了。当初，作为船上的医生来到中国。来了之后，中国南方某个海港的医疗官因病要返回国，他便顶了那个医生的缺，这一晃就是五十七年。刚来时，他不到二十五岁，现在差不多过了八十岁了。他个头很高，身体瘦削，皮肤松松垮垮地包着骨头，好似穿了一件宽大不合体的衣服，下颌底下耷拉着一堆皮，好像上了年纪的雄火鸡的皮囊。但是，他的蓝眼睛大而有神，岁月没有淡去它们的颜色，一样没有因岁月改变的还有他的声音，还是那么底气十足。这五十七年里，他在沿海一带买卖了三四家诊所，现在又回到了离第一次住处只有几英里的地方。那是河口的下锚地，蒸汽船吃水浅，到不了城市，就在那里装货卸货。那里只有七所白人的房子，一些中国人的房子，一家小医院，并没有医生驻扎的必要性，可他还是副领事，加之年事已高，闲适的生活很适合他。他有事儿可做，不会无聊，却也不至于累着，他依旧精神矍铄。

他说："我想着退休呢。是给年轻人机会的时候了。"

他为将来做打算，心里很快乐。他一生都想去看看西印度群岛，而且真心想现在就去。的确，他时日不多了。回英国吗？各种听闻都让他认为现在的英国没有绅士的地位。而且，他还不是英国人。他出生在爱尔兰，在都柏林的三一学院拿的学位。但现在，要求爱尔兰独立的新芬运动和牧师们对峙着，他觉得儿时记忆中的爱尔兰已经不复存在了。他说，爱尔兰是个打猎的好地方，说这话时，他的蓝眼睛里闪着光芒。

医生这个职业优点很多，但就是缺乏令人愉快的礼貌行为，可他比别的医生要礼貌一些。不知是不是和病人打交道，就给了医生们不合时宜的优越感。他的某些老师依旧秉持着这种粗鲁传统，而且，有些混出名堂的医生还将粗鲁无礼发扬光大成了医生这个职业的行规。也许，医生刚刚执业时病人都是穷人，因此，就养成了居高临下的习惯。但肯定的是，总体上来讲，没有人像医生这个群体那样缺乏礼貌。

他和我这个时代的人十分不同，问题是不同在哪里。声音里？姿态里？悠闲的态度？还是那煞费苦心的复古礼仪？还真不容易发现。我认为他的确是位绅士，不是今天带贬义的那种绅士。今天，我们嘴里的绅士已经变了味，绅士二字所蕴含的素养已经成为人们嘲笑的对象。某些人被称为绅士，这一点都不异想天开。过去三十年里，这些所谓的绅士可以让全世界激动起来，他们极尽挖苦讽刺之能事，把某些自己不配获得的头衔贬得一文不值。或许他的与众不同还在于他受的教育不同于我们。他年轻时学了诸如希腊、罗马经典名著之类的毫无用处的学问，这些学问给他的个性打了基础，让他现在与众不同。他小时候还没有周刊之类的出版物，月刊杂志内容稳重沉着，阅读对那个时代的人来说更为可靠。也许，那时的人酒喝得过多，但他们的娱乐却是阅读古罗马诗人贺拉斯的著作，能张口背诵英国历史小说家沃尔特·司各特爵士的小说。他还记得英国小说家萨克雷的小说《纽可谟一家》出版后他阅读此书的经历。我认为，那时的人或许没有今天的人那么善于冒险，但对于庄重的风格，他们更有新意。今天的人只会借小报上的笑话开自己性命的玩笑，嘴上过瘾罢了，而过去的人却可以在拉丁文语录感召下，牺牲自己。

我该怎样分析出让这位老人如此与众不同的品质呢？读一页英国小说家斯威夫特的书，上面的文字与今天的文字毫无差异，每个句子的结构都很复杂，但斯威夫特的语言含有庄严，让人可以想象，散发着馨香，而今天的文字无法拥有其中的奥妙，简而言之，这就是"风格"。毫无疑问，这位老人也有风格。

二十六　雨

是的，不能天天都是艳阳天，有时，冰冷的雨也会倾盆而下，兜头兜脸浇你一身，寒冷的东北风吹得人刺骨。昨天，雨淋湿了你的衣服和鞋子，今天都没干透，却已经穿在身上。现在，离吃早饭还有一个半时辰，你却跋涉在凛冽的黎明时分，曙光也毫无生机。离目的地还有三十里。即便到了，也没什么盼头，等待你的只有无法令人舒适的中国客栈，脏乱的环境，光秃秃的墙，冷冰冰、硬邦邦的土地，取暖的设备只有一盆炭火，你只能将就了。

这时，你想起自己在伦敦的房子，心里明亮了起来。大雨稀里哗啦地拍打着窗户，衬托得室内的温暖更加宜人。你坐在壁炉旁，嘴里叼着烟斗，读着《泰晤士报》，每一篇文章都不放过，读了社论不算，还要读私事广告栏，虽然你永远买不起乡间别墅，可你连乡间别墅的广告也不放过。有这样一则广告：乔治时代的别墅，屋况堪称完美，木构建确保原装。该别墅位于奇尔屯山，自带一座一百五十英亩大的园子，内有宽敞的花园，果树繁多的果园，屋内设有壁炉，共有六间会客室，十四间卧室，带用人房，卫生设施先进，马厩分隔间，还有一个绝妙的车库，离设施一流的高尔夫球场只有三英里。

我明白自己喜爱的作者是奈特、佛兰克、鲁特莱。这些人各个妙笔生花，平淡无奇的东西，在他们笔下竟可以组成不朽的诗篇，他们都具有大师的特点，却又个性鲜明。就像汉学家笔下的孔子，其语录简明扼要，却闪烁着智慧之光。我爱的作家们语言简练，含义深远，精确达意，却不会束缚读者的想象力。像"路得"这样的英国面积单位，"杆"这样的长度单位，他们不仅理解到位，使用起来也是自信满满、得心应手。这两个术语与我虽"熟识"多年，但在我心中它们永远是一团迷雾。至于技术术语，我爱的作家们能够运用自如，心思巧妙，不输英国小说家、诗人拉迪亚德·吉卜林，他们还能为那些技术名词注入英国诗人叶芝式的凯尔特魅力。我爱的作家们把个性完全融入自己的作品中，即使眼光再犀利的评论家，也找不到作家形神不统一的蛛丝马迹。文学史一般都是两个作家合作的产物，英国剧作家博蒙特、佛莱彻，法国小说家艾克曼·夏特良、莱斯这些人的名字，能让人立刻充满无限的想象力。我年轻时，别人教我相信《圣经》是三人的合著。然而，现代更高级的文学批评已经毁了我青春岁月里相信的东西，我只好猜想那些我爱的作家们的情形一定与众不同吧。

这时，小伊丽莎白进来和我说"再见"，她身穿我从中国给她带的白色松鼠毛皮衣，特别漂亮。可怜的宝贝，从来不管天气的阴晴，说出门，就出门。她的婴儿车还没备好，我便和她玩了一会儿小火车玩具。当然，我应该干点儿工作。可是，天气太糟糕，我不免犯懒，顺手拿起汉学家翟理斯写庄子的一本书来读。庄子强调"个人"，教条的儒家对他颇有微词，还把中国没落的悲哀归咎于这种个人主义。但庄子的思想读起来令人享受，特别适合雨天读，不用特别投入，又能打发自己的无所事事。可是，现在的想法悄悄潜入我的意识，仿佛涨潮时连绵起伏的海浪，把我完全代入庄子所说的那种"无为"中。尽管，我想继续闲逛，可还是坐在桌旁开始工作。写作的门外汉才会用写字台，我文思泉涌，写起东西来毫不费力。活着还是挺美好的。接着，两个滑稽的人过来吃午饭，他们走后，我顺便去了佳士得拍卖行，看到一些明朝时期的雕塑，它们可没法和我从中国带来的那几个相比。我又看了看几幅已经卖出去的画，庆幸买家不是自己。看看表，心想，此时，嘉里克俱乐部里一定有人在打桥牌。天气糟糕透了，所以干脆把下午剩余的时光都浪费了，也是可以原谅的。我在外边不能逗留太晚，今晚还订了一出戏剧首演式的座位，我必须早点回去，穿戴整齐，早点用晚餐。还能赶上给小伊丽莎白讲睡前故事。这孩子穿上睡衣，编起两条小辫，可爱得简直无与伦比。戏剧的首演自带感染力，除了餍足的评家，大家都会受感动的。首演式上，能见到朋友们，这是多么高兴的事啊！看到名角，其台下的表现远远胜过其台上的表演，正厅后排的观众认出了她，鼓起掌来，她略微羞涩，赶紧落座，看到这一幕，让人觉得也蛮有趣。也许，等待你的戏剧不怎么好，可毕竟我有先睹为快的优势存在。而且，再烂的剧，也会有令人感动、让人微笑的瞬间。

朝你走来的是苦力们排成一串，戴着害相思病的皮埃尔戴的那种草帽，唯独帽檐更宽罢了。他们扛着沉重的大棉花包，身体压得略微前倾，笨拙地向前走着。雨打湿了他们的蓝布褂子，那衣服太薄太破，像膏药一样贴在身上。破破烂烂的石子路走上去打滑，我也艰难地在泥泞里选择落脚的地方。

二十七　沙利文

沙利文是一名爱尔兰水手，在香港弃船登陆，心血来潮地决定要徒步穿越中国。三年里，他在中国徘徊了不少地方，很快对中国人了如指掌，比起那些受过很多教育的人，他对中国的了解来得不费吹灰之力，这是他这个阶层的通病。沙利文靠耍小聪明混日子。他每到一个地方，都尽力避开当地的英国公使不见，却跑去见当地县官，并声称自己路上遭遇强盗，如今身无分文。他的话虽不可信，可他说得有板有眼，有理有据，估计连萨克雷小说里的科斯蒂冈船长都要钦佩他了。县官们巴不得他赶紧走人，就依中国风俗，接济他十几两银子；要是没有钱接济，他总也要混顿饱饭，再蹭个地方睡一宿。他会讲粗鄙的笑话逗中国人开心，所以，他的这个小伎俩屡试不爽，直到有一天，他遇到一位另类的县太爷，倒了霉。

这位县太爷听了他的瞎话，喝道："无名鼠辈！

你乃区区乞丐而已！给我打！"县太爷话音一落，沙利文就被拖出去，摁到地上，一顿棍棒伺候。沙利文不仅受了皮肉之苦，他心里着实吃惊不已，更觉得自己受了屈辱，他的精神气被这县太爷浇灭了。于是，他从此绝了流浪的日子，来到一个外港，到海关税司申请做海关检查员。很少有白人应聘这个工作，来应聘的白人不会受什么盘问，便会录用。沙利文如愿以偿得到工作，如今，他已四十五岁，脸晒得黝黑，气色很好，没有蓄胡子，身体有些发福，身穿帅气的蓝色工作服，坐着蒸汽船或舢板船上班。他工作的地方位于河边的一座小镇，那里的白人只有海关税务司副局长，邮局所长，一个传教士和他。沙利文了解中国，熟悉中国的风土人情，这于他的工作很有利。他娶了一个身材娇小的亚洲人做妻子，生了四个孩子。沙利文对自己的过去并不感到耻辱。喝高了的时候，还会把自己的冒险之旅从头到尾给人讲一遍。但他挨打那件事始终让他缓不过神来。那事让他震惊，而且弄不明白为什么打他。他倒不恨下令打他的县官，相反，他倒感到好笑。他会说："那小县官儿挺能冒险，是个老恶棍。他胆大包天是吧？"

二十八　餐厅

这所房子很大，餐厅也很宽敞。建房子的时候，房子造价便宜，当时的富商便一掷千金，把房子造得气势雄伟。那时候，钱好赚，生活奢靡，发大财不是难事。一个人未到中年，就可以回到英国，在萨里郡奢华地度过余生。当地居民对富商不太友好，这是真事，经常会有暴乱让他逃命。不过，这也就是他舒适生活的小插曲而已。只要有危险存在，就会有小炮舰及时来救场。这些外国人多半都已联姻，彼此常有走动，待客的规模只能用奢侈来形容。他们举办盛大的晚宴，一起跳舞，一起打惠斯特牌。那时，工作没有压力，时不时可以去内地打打野鸭子。夏天固然很热，但只消一两天，人们就会习惯热天气了。除了夏天，其他三个季节温暖宜人，天空湛蓝，空气馨香，生活愉快。人们的行为也相当自由，若有男人想和一位明眸皓齿的中国姑娘同居，只要女人们不说三道四，男人们就不会以为这件事不妥。同居的男人若是结了婚，就会花钱把中国姑娘打发走。要是他们已经生了孩子，那就把孩子送到上海的欧亚混血儿学校里去。

然而，这种惬意的生活已经不复存在。这个港口的生命线是茶叶贸易，客户已经不爱中国茶的口味了，印度锡兰茶是他们的新宠，这变化毁了港口的繁荣，近三十年里，这个港口气息奄奄，没有生气。以前，这里的领事要有两个副领事辅佐，才能忙得过来。现在，他一个人就能干完所有的工作，还不费力，下午还能去打场高尔夫球，更没有忙得打不了桥牌的时候。除了偌大的商行，一切都已光辉不复。商行虽大，只是门可罗雀。所剩无几的茶叶商，为了糊口，操起了各种副业，可还是不能找回昔日的繁荣。港口所有的人似乎都已老去，没有年轻人容身的地方。

我坐在餐厅里，似乎在读一部往日的历史，读我等待的那个人的历史。我坐着沿海航行的蒸汽船，走了两天，才到这里。现在是星期天早晨，我要见的人去了教堂。我坐在他家里，想从房子的模样，猜猜他的品行外貌。房子令人伤感，承载着过去一代的华丽，但那华丽已经凋谢。屋内陈设整洁，可不知为什么，这种整洁似乎更加突出了一种隐藏的贫困。地上铺着一块巨大的土耳其地毯，这种毯子在七十年代可值不少钱。然而，毯子现在也磨平了。巨大的红木餐桌擦得锃亮，可以照出人脸。这张桌子上不知摆过多少奢华的晚宴，放过多少品质高端的美酒。这张桌子让人想起陈年的茶色波特酒，还让人想起长着络腮胡子的、富足的红脸绅士们讨论骗子迪斯雷里的情形。墙壁漆成了暗红色，当晚餐的功能不是果腹，而是为了体面的话，这种颜色适合这样的场合。墙上挂满了照片。有房子主人父母的照片。房主的父亲是位上了年纪的绅士，胡子花白，秃了头发；他母亲神情严肃，皮肤黝黑，梳着欧仁妮皇后的发型。还有房主祖父母的照片，祖父系着白领结，祖母头戴一顶松紧帽。餐边柜后面装着一面镜子，摆了很多镀金浅盘，一套茶具，还有其他七七八八的物件。餐桌中间摆着一个巨大的装饰果盘。黑色大理石的壁炉上放着一架大理石的时钟，时钟两侧摆了一溜黑色大理石花瓶。房间的四个角里各放着一个陈列柜，里面放着各种各样镀金的物件。屋里盆栽的棕榈树左一盆、右一盆，伸展着它们坚硬的枝叶。很大的红木椅子用红色皮革包着，那皮子已经褪了色，椅子上面放满了垫子。壁炉两旁各放了一把扶手椅。房间虽大，却显得拥挤不堪，摆设样样都破败了，看得令人悲伤。那些物件似乎都各有各的伤悲，闷闷不乐，仿佛它们已经看明白了形势所迫，没有力量与命运抗争了，它们心惊胆战，却还存有一丝渴望，紧密团结在一起，似乎依稀觉得只有这样，它们才不会退出历史舞台。我觉得，用不了多久，这些家具、物件就会随意地、乱七八糟地堆放在又阴又冷的当铺里，每个东西上面都用小小的价签标出价格。

二十九　蜿蜒的长城

薄雾中，长城屹立着，硕大无朋、庄严肃穆。它生性淡漠，孤独地蜿蜒着，爬上高山，又滑入深谷。长城上四四方方的瞭望台，几步一个，咄咄逼人，令人生畏。上百万的人为了修建长城丢了性命，每一块灰色的大方砖上都印着那些被抓来修长城的人的血和泪。所以，长城透不出温情。它稳稳地穿越崎岖不平的群山，从来无所畏惧。路漫漫，无尽头，长城"走"了一程又一程，一直走到亚洲尽头。长城从来形单影只，神秘如它守卫的那个国度。薄雾中，长城屹立着，硕大无朋、庄严肃穆。

三十　领事先生

皮特先生愤怒至极。他做了二十年领事，和形形色色的人打过交道，见过不讲道理的官员，见过把英国政府当讨债代理人的商人，见过因世事不公而忿忿不平的传教士。可是，不论遇到什么事情，他过去从未不知所措过。皮特先生性格温和，只是会莫名其妙地和自己的文书动肝火。一次，文书把写好的信放在他面前要他签字，可他发现文书拼错了两个词，为此，他差点解雇了文书呢。皮特先生对工作尽职尽责，下午四点之前不会找理由离开办公室。然而，四点一到，他立刻从座位上弹起来，喊着仆人把帽子和拐棍拿来。有一次，仆人动作慢了一点，他把那孩子结结实实骂了一顿。大家都说领事先生变得有点古怪。有些商人在中国待了三十五年，学会的汉语连问路都不够用，这些人说，有些外国人变得古怪是因为那些人必须要学汉语，皮特是其中一员，所以他必然古怪了。皮特先生没结婚，因为有些工作位于偏僻的地方，适合单身汉做，所以皮特自然是最佳人选。他一个人待久了，性格中的怪癖已经锤炼得炉火纯青了，有些习惯绝对能够让陌生人大吃一惊。皮特先生特别健忘，不会在屋子的整洁干净上下功夫，所以他的家里时常乱七八糟；对饭食也不挑剔，仆人喜欢吃什么，就给他做什么，但伙食价格不菲。他不遗余力地打击鸦片贩子，可他的仆人就在领事馆里私藏鸦片，鸦片交易频繁地在他院子的后门进行着，全城的人都知道这件事，只有他一人蒙在鼓里。他是个狂热的收集者，政府分给他的房子里挤满了各种东西，都是他一个个收来的，有锡，有铜，有木刻，这些是他的主要收藏品。除了这些，他也收集邮票、鸟蛋、旅馆标签，还有邮戳，他还夸口说自己在中国是邮戳收集第一人。他独自在偏远地方工作的时候，读了大量的书。虽然他不是个汉学家，可对中国的历史、文学、人文的了解胜过他的大多数同事。然而，大量的阅读没能让他变得宽容，倒增添了他的虚荣心。皮特外表独特，他身材矮小，孱弱，走起路来仿佛一片枯叶在风里盘旋。他戴的那顶蒂罗尔人帽子上插着一根羽毛，破旧不堪，巧妙地顶在他那大脑袋的一边，也不掉下来，真是古怪至极。他是个彻底的秃子。他的眼睛是淡蓝色，藏在眼镜片后面，没精打采的。嘴边的胡子向下撇着，参差不齐，颜色灰白，稀稀疏疏，盖不住他那张爱发牢骚的嘴。现在，领事皮特先生走在街上，他正往城墙的方向走去，于他来说，只有在辽阔的城里，才能走得舒服。

皮特先生的工作态度非常认真，工作中任何细细碎碎的问题都能让他忧心如焚。不过，通常在城墙上散步能让他得到安慰，精神焕发。他所在的这座城位于一片平原之上，夕阳的余晖中，从城墙上远望，可以看到位于西藏的雪山。而此刻，他正在疾步如飞，眼睛只盯着前方，他那条胖乎乎的西班牙猎犬摇着尾巴，在他脚边跳来跳去，可他根本没看到。他在自言自语，语调低沉，说得飞快。让他如此心烦意乱的是：这天他接待了一位自称于太太的女人。皮特先生出于领事工作的准确性，要坚持叫于太太为兰伯特小姐，仅这一点就破坏了他俩交流的和谐性。于太太/兰伯特小姐是英国人，嫁了一位中国人。两年前，于太太/兰伯特小姐的丈夫从伦敦大学毕业，她便随丈夫回到了中国。在伦敦学习期间，于先生让于太太/兰伯特小姐深信不疑他在中国可是要人一枚，而她想象自己在中国的家是一座华丽的宫殿，她的地位也至高无上。没想到于先生带她来到一所破破烂烂的中式房子，房子里人口众多，连一张西式床都没有，更没有刀叉，屋里的每一处、每一物在她眼里都又脏又臭，她对眼前的一切惊讶不已。后来，她发现自己还要和公婆住在一起，而且于先生还吩咐她要听从婆婆的安排，她内心十分震撼。于太太/兰伯特小姐完全不懂汉语，来了两三天，她才明白自己不是于先生唯一的妻子。原来，于先生在出国之前，年龄虽小，却已娶亲。她痛斥于先生欺骗了她。结果，他只是耸耸肩膀，不以为然。如果中国男人想娶两个老婆，没什么东西能阻挡得了他。于先生的态度增加了他对事实的不尊重，没有哪个中国女人会把男人娶两个老婆当成苦难。而于太太/兰伯特小姐因为这个事情第一次来到领事馆。皮特先生已经听说兰伯特小姐到中国了（在中国没有什么隐私而言），所以，对于兰伯特小姐来到领事馆一事他并不感到惊讶。皮特并不同情兰伯特小姐，一个外国女人嫁中国男人这事情让他义愤填膺，而且她没做任何咨询，就决定嫁给于先生更让他忿忿不平，就好像他个人受了侮辱一样。兰伯特小姐的外表一看就让人明白于先生并非受她诱惑才做了这么一件傻事。兰伯特小姐年纪轻轻、矮胖敦实、长相平平、一嘴烂牙、素面朝天、满脸雀斑，操着伦敦方言味的哭腔，穿着一套定制的廉价套装，头戴一顶形似头巾的帽子，手很大，红得像萝卜，没有保养的痕迹，从手上能看出来她常干粗活。

皮特领事冷淡淡地问："你怎么认识于先生的？"

"嗯……是这样的，"兰伯特小姐回答道，"父亲在世的时候，我们家生活不错。他过世了，母亲觉得让那么多间屋子白白空着，是浪费，是罪过，就让我在窗子上贴一个招租启事。"

皮特先生打断她的话，说："于先生租了你家房间？"

"那也不能叫出租的房间。"兰伯特小姐回答道。

"那我们就叫公寓怎么样？"皮特答道，脸上带着一丝淡淡的，略微自负的微笑。

兰伯特小姐对这桩婚姻的解释就这么多。皮特眼里的兰伯特小姐愚蠢且粗俗，于是，他单刀直入地解释说：依照英国法律，她并没有和姓于的结婚，所以她最好立刻回英国去。兰伯特小姐抹起眼泪来，皮特的心有点软了，就许诺说托几个女传教士在旅途中照顾她。而且，如果她愿意，他马上可以打电话问现在她们能不能收留她住几天。他话没说完，兰伯特小姐已经擦干了眼泪。

"回英国有什么好？"她竟然说，"我哪儿也不去。"

"可以回到你母亲身边啊！"

"她曾坚决反对我和于先生的婚事。如果我现在回去，那我下半辈子都要听她唠叨了。"

皮特给她讲道理，可她听不进去，还越来越坚定。最后，皮特发火了。

"如果你要留在中国，跟着一个不是你丈夫的人生活，这是你自己的选择，和我无关。"

她回顶了一句令人恼火的话："我的事不劳你操

心！"她脸上的表情让皮特久久不能忘怀。

那是两年前的事了。之后，他们又见过一两次面。她似乎和婆婆，还有丈夫的大房妻子相处极差，她找皮特领事询问自己根据中国法律的权益，问的问题都很荒谬。每次皮特都提议她回英国，每次她都坚定不移地要留下来，每次他俩的面谈都是以皮特大发雷霆收场。皮特几乎同情起姓于的那无赖了，同情他在三个争吵不休的女人之间斡旋，真不容易啊！据兰伯特小姐说，姓于的对她不赖，他试图公平对待两个老婆。兰伯特小姐各方面没什么起色，皮特知道她平常穿中式衣服，来见他的时候才换上西式裙子。她变得极其邋遢，中国的饭食不养她，把她吃得病恹恹的。但那天兰伯特小姐出现在他办公室的时候，皮特还是大吃一惊。兰伯特小姐没戴帽子，头发蓬乱，整个人歇斯底里了。

"他们要毒死我。"她尖叫道，把一碗臭烘烘的饭食放到皮特面前。"饭里下毒了！"她说，"我病了十天了，能逃出来简直是奇迹！"

兰伯特小姐把事情的原委讲给皮特听，她讲得足够详细，十分可信，皮特坚信中国女人都是用相似的方法除掉自己的眼中钉的。

"他们知道你来这儿了吗？"

"知道。我说了要去告发他们。"

最终，还是到了做决断的时候。皮特很正式地看着兰伯特小姐。

"你不能再回去了,我可再不听你荒谬的理由了。这次我坚持你离开那个不是你丈夫的男人。"

可是,兰伯特这个女人固执到了疯狂的地步,皮特在她面前根本就束手无策。他把过去讲过的道理全都讲了一遍,她就是不听,和过去一样,他最终怒了,绝望地问了她最后一个问题,而她的回答,彻底让他的内心波涛汹涌,无法平静。

皮特吼道:"你到底为什么要和那家伙待在一起?"

兰伯特小姐犹豫了片刻,眼中闪过一丝古怪的神情,回答道:"他的发际线长得特别,我忍不住就要喜欢他。"

皮特领事从未听过如此离谱的事情,这真是对他致命的一击。现在,他迈着大步走着,试图用走路平复愤怒。虽然,他不怎么讲脏话,可这时候他控制不住自己,狠狠地说了一句:"女人真他妈该死!"

三十一　小伙子

　　小伙子迈着轻盈、自信的脚步，大踏步地走在堤道上。他才十七岁，又高又瘦，皮肤细腻，还没开始长胡子。小伙子的眼睛有点吊梢，睁得大大的，嘴唇红润饱满，洋溢着一丝笑意，举止里满是年轻人肆无忌惮的快活劲儿。他的瓜皮帽顶在头上，黑长衫箍在腰上，裤脚本应该是扎住的，这时挽在膝盖处。他光脚穿着薄薄的草鞋，小小的脚长得很好看。他黎明时就已经走上了堤道，那堤道铺了石子，蜿蜒曲折，一会儿上山，一会儿入谷。无论山头，还是深谷，堤道两旁总有稻田相伴。堤道也会穿过墓地，墓地里的坟墓挨挨挤挤。走在穿过热闹的村庄的堤道上时，小伙子会用赞许的目光瞥一眼坐在门口、穿着蓝罩衫、蓝裤子的漂亮姑娘，我猜他看漂亮姑娘是想引起她们的注意，并不是纯粹地看一看。小伙子马上就走到目的地了，那座他要去赚钱的城就在眼前，屹立在肥沃的平原上，四周围着有垛口的城墙。

小伙子看到城以后，便迈着果决的步子走了过去。他大胆地昂着头，心中对自己的一身力气充满自豪，自己的全部家当就包在一个蓝布包袱里，搭在肩上。

曾三次任伦敦市长的英国商人迪克·惠廷顿出去闯世界的时候带着他的猫，而这个中国小伙子手里优雅地提着一个带红色提手的圆形鸟笼，笼子里装着一只漂亮的绿色鹦鹉。

三十二　范宁夫妇

范宁夫妇的住所位于一座小山的顶上，方方正正，周围建有一圈围廊，俯瞰河景。他们夫妇住所的下面稍偏右的地方也有一座四四方方的房子，那是海关，范宁先生是海关副局长，他每天都要去那里上班。海关离城区五英里远，河岸上只有一座小村庄，这村庄因为给舢板船的船员卖装备，卖食品，才发展起来。城里有几个传教士，他们与范宁夫妇见面的机会不多，村里的外国人除了他们一家，就只剩两个海关监察员了，一个监察员过去是个出色的水手，还有一个是意大利人，他俩都娶了中国老婆。范宁夫妇会请两个监察员和他们的家人在圣诞节和英国国王诞辰日的时候一起吃午餐，除此以外，他们的交往只剩公干了。蒸汽船在此只停靠半个小时，范宁夫妇也见不到船上唯一的白人——船长和总机械师。今年天旱水位低，蒸汽船五个月都没从这里过了。奇怪的是这五个月里，范宁夫妇遇到的外国人比以往任何时候都多，时不时就有旅行者、商人或领事馆的官员过来，但大多数时候都是传教士乘舢板船去上游，路过此地时停泊过夜。范宁先生会去河边，亲自请他们一起用晚餐。除此以外，范宁夫妇多数时候和别人没有太多交集。

范宁先生是个彻底的秃头，身材矮胖，长着朝天鼻，胡子倒是很黑。他苛求严守纪律，喜欢咄咄逼人，行为粗鲁无礼，霸道蛮横。给中国人讲话的时候永远都是尖声刺耳地下命令。他中文说得很流利，可如果他的仆人让他不乐意了，他就会用英语把那仆人痛斥一番。如果别人没发现他这种咄咄逼人的态度是为了掩饰自己内心痛苦的羞涩而装出来的话，范宁先生不会给人留下好印象的。他这样做是用意志战胜自己的性格，他想用粗鲁的行为让那些和他打交道的人以为自己对他们无所畏惧，这近乎荒谬。别人把他当回事的时候，最吃惊的只有他自己，再无旁人。范宁先生就像小孩子吹出来的奇形怪状的气球人物，大家明白他身体里装的是要爆炸的恐惧，但大家清楚他只不过是空有架子而已。只有他的妻子时刻注意劝他是铮铮铁骨男儿。每次他发完脾气，范宁太太便会说："你发那么大火吓到我了，你晓得吗？"或者说："我得劝劝被你骂的那个仆人。你骂得他不知所措。"

听了他太太的话，范宁的虚荣心便满足了，他会宽容地笑一笑。若有客人来，范宁太太便会这样说："中国人都怕我的丈夫，但是他们也很尊敬他。他们明白，在我丈夫面前捣鬼根本没用。"

范宁会蹙了眉头说："我应该知道怎么和中国人打交道。我在中国待了二十多年。"

范宁太太个头矮小，长相平平，干瘪得像个沙果，鼻子颇大，一嘴烂牙。她总是邋里邋遢，头发有点花白，脱发问题很严重。她和别人说着说着就会从头上拔下一两个发卡，再把头发甩一甩，也不照镜子，就胡乱把所剩无几的头发卡起来。范宁太太热爱亮色，喜欢穿稀奇古怪的衣服，这些衣服可是她同裁缝阿妈一起从时装杂志上挑的。可是，衣服穿到她身上，却找不到搭配和谐的感觉，她像是从海难中救出来后，随手裹了一片烂布一样，样子真可笑，别人看了都会忍俊不禁。范宁太太身上唯一的魅力就是那一副温柔、极富乐感的嗓音，说起话来还略带外国口音。范宁夫妇养了两个儿子，大的九岁，小的七岁。两个儿子的存在，让这个家完满了。两个儿子很可爱，兄弟俩互相依恋，看着相亲相爱的这一家人，真是一件快乐的事情。一家四口之间互相开玩笑，把他们自己逗得乐翻了天，还互相搞恶作剧，好像四个人都是未满十岁的小孩子。虽然他们每个人都是独立的个体，但缺一不可。每天，范宁先生上班前，儿子们便不让他走，他下班回家时，儿子们又狂喜不已。这两个孩子一点也不怕范宁先生发脾气。

过不了多久,旁观者就会发现范宁一家的和谐、和睦都应该归功于身材瘦小、穿着古怪、长相平平的范宁太太。让一家人紧紧团结在一起不是她偶然为之,也不是她性情极度和蔼造就的,是她对家人满腔热爱的结果。范宁太太从早上一睁眼,到晚上睡觉闭眼,满脑子想的都是怎么让丈夫和儿子们过得好,她的思维就活跃在怎么让他们快乐这件事上。我觉得她乱发覆盖下的头脑里从未考虑过自己,一刻也没有,她的无私仿佛是一个奇迹,能做到这样的人真不容易,范宁太太从不对人说狠话,特别友好,就是她让范宁先生去河边请那些要在此地留宿的外国人到家里吃饭。但我觉得她不是自己喜欢招待那些人,她乐得一家人独处,可她觉得范宁先生愿意和陌生人聊天。

"我不想让我的丈夫觉得生活枯燥乏味,"她说,"可怜的人心里怀念着台球、桥牌呢。要是一个男人每天只能对着个女人说说话,那个男人过得可太没意思了。"

每天晚上,两个儿子上床睡觉之后,范宁夫妇都会打皮克牌。范宁太太根本不是打牌的料,经常出错,可她丈夫训斥她的时候,范宁太太便会说:

"你可不能期望人人都和你一样聪明啊。"

她的这句话可是肺腑之言,范宁先生一下子心软了，没法和她生气了。如果范宁先生没心和她玩皮克牌的时候，两人就听留声机。他们并排坐着，静静地听着伦敦最新上映的音乐剧中的插曲。别人可能对此嗤之以鼻。但是，范宁夫妇远在英国万里之外，听歌剧是他们与自己热爱的家乡的唯一联系，是他们感觉自己还没和文明彻底断开联系的方式。现在，他们聊着孩子们长大以后，他俩要和孩子们干的事情。过不了多久，两个孩子就会回英国上学，范宁太太想到这里，她温柔的心上一阵刺痛。

"孩子离开我们回英国的时候，你会难过的，伯蒂。"她说，"不过，我俩也许能换个地方，搬到有俱乐部的地方，晚上你能去俱乐部打打桥牌。"

三十三　劳作者的号子

　　船工号子响彻河边。听！嘹亮而强劲！那是船工们在湍急的河流中努力滑动舢板船时唱出的歌。舢板船的船尾高高耸起，桅杆一路左摇右摆。纤夫也会唱这种歌！他们拼命逆流拉船前行时，气喘吁吁地唱着这种歌，不论是激流中拉乌篷船的六七个纤夫，还是拖拉体型巨大的方帆舢板船的几百个纤夫，无一例外地低声吟唱着。舢板船中央有一个人在不停地擂鼓，为纤夫们鼓气。纤夫们使足全身的力气，像着了魔一般，身子弓成九十度。有时，甚至跪在地下，四足并用，像田里劳作的牲口，艰难地使着力气。他们拉呀，拉呀，对抗着河流冷酷的强大力量。监工顺着纤夫努力前行的队伍上上下下执行着他的任务，一旦发现有人没使出全力，他手中的竹竿便会落在那一个裸露的脊背上。任何一个人都不能偷懒，否则将功亏一篑。如此的劳作下，纤夫们依旧激烈地、热切地唱着他们的号子，把它唱给湍急的河水。我不知道该用什么语言描述纤夫的辛劳，而他们低唱的号子正是他们破碎的心、撕裂的肌肉的写照，也是人类为了要胜过无情的自然力，展现出的不屈不挠的精神写照。纤夫拉纤的绳子虽会断裂，巨大的舢板船虽会向后倒退，但激流险滩终会渡过。纤夫们一天的辛劳结束之后，便可以吃一顿可口的饭菜，或许还能抽上一管鸦片，把自己熏得飘飘欲仙。众多劳作的号子中，苦力唱的号子最让人揪心难过。他们把庞大的大包从舢板船上卸下来，再扛着爬上通往城墙的陡峭台阶，上上下下，没完没了，一次次费力地托举着重荷，也一次次把带有旋律的劳作号子从胸中托举出来：嗨—啊哦—啊—啊哦。苦力们赤着脚，裸着上身，汗水淌在脸上，他们的号子就是一种痛苦的呻吟，是绝望的叹息，是令人心碎的旋律。苦力的号子几乎不是人能唱出的，是无限压力中人的灵魂发出的呼喊，只是带着旋律，那最后一个音符就是人类终极的哭泣。生活太过艰难，太过残酷，他们的号子就是与生活的艰难和残酷做的最后的、无望的抗争。

这些就是劳作者的号子。

三十四　幻想

他身材颀长，鼓着天蓝色的眼睛，脸上一副尴尬的表情，骨骼粗壮，看上去好像皮肤要被撑破了一样，感觉皮肤松一点，他整个人都会舒服一些。他头发顺滑，满头小卷，紧贴着头皮，让人有种他戴了一顶假发的错觉，忍不住想拽一下。他从不闲聊，总是搜肠刮肚寻找话题，却原来是白费脑子，绝望之余，他就会给你倒一杯威士忌或汽水。

他负责"英美烟草公司"在此地的工作。他的住所就是办公室，也是仓库，客厅里沿墙整齐地摆着一套软垫家具，垫子上落满了灰尘；中间放着一张圆桌。屋里有一架供取暖的煤油炉子。悬着的煤油灯发出一圈悲哀的光。墙上显眼的地方挂着从美国杂志圣诞专刊上剪下来的仿制油画。他的起居并不在这间屋子里，相反，卧室才是他休闲的场所。他在美国住在公寓里。那时，他所知的隐私场所只有卧室，所以他习惯于起卧只占一个地方。对于他来说，坐在客厅很反常。他也不喜欢脱外套，而且觉得只有穿着衬衣才能轻松自在。他把书、私人文件全放在卧室，那里还有一把摇椅、一张书桌。

他在中国待了五年，却一句汉语都不会说。他身边有一群人准备把自己的盛世年华都献给生意，他没有这番抱负。他的生意全凭翻译从中周旋，房子由一个小伙子打理。他也时不时地出门去几百英里以外蛮荒、崎岖的蒙古转一转。他的交通工具是中式马车，或矮种马，夜间的投宿地是路边的客栈，和商人、家畜贩子、牧人、士兵、恶棍、放荡之徒住在一起。即便偶尔客栈发生动乱，他也不会有危险。这些经历只是因为他有公务，不得已才经历的，这些人让他心烦，回到自己熟悉的那间位于"英美烟草公司"的卧室才是他真正开心的事情。他读的书很多，不过他只读美国杂志，他邮购了大量美国杂志，读完了也从不把旧杂志扔掉，堆得满屋子都是。他住的地方是从蒙古通往中国的交通要塞，住着很多中国人，赶着骆驼商队的蒙古人也时常往来于此，街上有川流不息的马车，拉着从遥远的亚洲贩来的兽皮，隆隆地驶过熙熙攘攘的街道。他百无聊赖，从来想不到自己家门口就有冒险的可能。他认为的冒险只存在于杂志上，那些发生在德克萨斯州或内华达州的冒险行为，发生在南太平洋的间不容发的逃脱才会令他激动。

三十五　陌生人

酷暑时节离开城市是种安慰。传教士坐着汽艇，悠然自得地一路顺流而下，到了目的地，信步走下汽艇，舒舒服服地坐进了早已等候在河边的轿子里。轿夫抬着他沿河而行，穿过村庄，开始爬山。从山脚到山顶有半个时辰的路，上山的路是宽宽的石头台阶铺就的一条小路，路两边长着冷杉树。阳光下闪闪发亮的宽广的河流穿梭在绿油油的稻田之中，这景色随处都在。轿夫们迈着有节奏的大步上着台阶，脊背上的汗水在阳光下泛着光。这座山顶上因有一座佛院，山也神圣起来。沿路有休憩的房屋，轿夫们可以放下轿子缓几分钟，一位身穿灰色长袍的僧人会奉上一杯花茶。空气新鲜清甜，轿子晃晃悠悠，十分令人放松，有这般慵懒的行程，他在城里待的这一天也算值了。他那所整齐干净的避暑小别墅正在道路尽头等着他呢。夜幕已经降临，空气中满是芬芳。那天有信寄来了，他下山去取信和报纸，有四份

《星期六晚邮报》，四份《文学文摘》。他没有可发愁的事情，只有惯常的宁静心情（正如他常说的：宁静能带来谅解）突然降临，每次远离喧嚣的城市，走进这些蓊蓊郁郁的树木之间时，他都会感到这种宁静。

但是，此刻他却心烦意乱，因为这天他遇到了一位不速之客，他此刻无法从脑中将这位令他不愉快的人挥出去，因为这个原因他一脸愠怒。他本来长着一张清瘦、有灵性的脸，五官周正，眼睛充满智慧，这张脸可以称得上美了。他身材颀长，四肢更是长得像蚱蜢的腿脚。他坐在轿子里，轿夫们摇摇晃晃抬着他，让人觉得轿子里坐了一朵枯萎的百合花，有点古怪。他性格温和，连苍蝇都不会拍死一只。

而这天，他遇到了桑德斯大夫。桑德斯大夫个头矮小，头发花白，脸色红润，长着朝天鼻，这鼻子让他看上去总有放肆无理的神情，嘴巴又大又厚，又爱笑，笑起来时他的龋齿、牙菌斑暴露无遗。桑德斯大夫笑的时候，那双小蓝眼睛异常奇怪地皱在一起，看上去可是恶意满满，有一种罗马神话中贪淫的农牧神的气质。他动作敏捷、出人意料，走起路来飞快，似乎总在匆忙之中。他是一位生活在市中心中国人居所的医生，并未注册，可那些信任他的病人发现他的医术相当过关。桑德斯大夫曾被除名，但除名是因为社交缘由，还是职业错误，就不得而知了，也没人知道他为什么来到东方，最后定居在中国的沿海地区。但有一点很清楚,桑德斯大夫很聪明,中国人很信任他。他避免和外国人接触,关于他的负面传闻在外国人当中到处都是,认识他的外国人都会和他打招呼,却没人请他去家中做客,也没人对他登门拜访。

这天下午,他们相遇时,桑德斯大夫说:"这个月是什么风把你吹进城里了?"

传教士回答道:"我有不能耽搁太久的事情要办,而且我还要取信。"

桑德斯说:"有一天来了个陌生人打听你呢。"

"打听我?"传教士惊讶地叫了出来。

"嗯。也不是专门只打听你,"桑德斯解释道,"他问去美国布道团的路怎么走。我指了路,但也说了他在美国布道团找不到一个人。那陌生人很是惊讶,我便告诉了他你们五月就上山了,不到九月不回来的。"

"是外国人吗?"传教士问道,心里盘算那陌生人会是谁。

"哦,当然是外国人了,"桑德斯眼神炯炯地说,"那陌生人又问起别的传教士,我说伦敦布道团在此地有办公室,但去了也没用,传教士都上山了,毕竟城里热得见鬼。那陌生人说:'我想去教会学校看看。'我说学校也关了。'那去医院呢?医院是值得一看的地方。'我说美国医院装备先进至极,手术室更是称得上完美。陌生人问：'负责医生叫什么名字？'我说他也上山了。陌生人问：'病人怎么办？'我说五月到九月没病人。如果有，就自己在当地药铺买点药将就一下。"

桑德斯停顿片刻，传教士的表情有些恼怒，说道："然后呢？"

"陌生人说：'我走之前想见见与传教布道有关的东西。'我便告诉他：'那你就该去看看罗马天主教徒。他们一年四季都在。'陌生人问：'他们什么时候休假？'我说：'他们不休假。'听完我这句话，陌生人走了。我想他是去了西班牙女修道院了。"

传教士中了桑德斯的圈套了。想到桑德斯竟如此口无遮拦，他就气得发疯，他应该预见到要发生的事情才对。

"那陌生人到底是谁？"传教士天真地问道。

桑德斯说："我问他叫什么，陌生人的回答是：'我的名字叫基督。'"

传教士耸了耸肩，突然吩咐轿夫往前走。

这件事让他大为光火，真不公平！当然，他们是五月进山，九月下山。天气炎热，原来的活动都无法进行，经验告诉他们进山避暑，传教士们才能保存自己的健康和体力。传教士生了病就变成累赘了。这完全是实际的政治问题，他们发现一年中要有几个月用来休息消遣，上帝指派的工作才能更有效地完成。提起罗马天主教徒更是不公平。天主教徒不结婚，没有家人可以牵挂。那些罗马天主教徒的死亡率令人咋舌。为什么这么说？十年前来中国的十四个修女当中，现在只有三个活着。对那些罗马天主教徒来说住在城市中央，一年到头从不离开是为了更加方便工作。他们没有社会关系，无需对自己身边的，或自己珍爱的人负责。把罗马天主教徒扯进来真是太不公平了！

突然，一个想法闪过传教士的脑海。让他最痛苦的是他没对那个无赖桑德斯大夫（只消看一眼桑德斯满脸的坏笑，就能知道他是个流氓）说一句话就走开了。肯定有堵他嘴的话，可他当时没想起来。现在，却想起来一个机敏的回答，这番回答定能将桑德斯打败，传教士满意地搓着他修长的手。"亲爱的桑德斯，"他应该说，"我们的基督在神职中从不称自己为基督的。"桑德斯绝对无法回应他这一句斥责。想到这里，传教士忘却了自己阴郁的情绪。

三十六　民主

今晚很冷。吃过晚饭，我的小仆人在为我铺床，我坐在炭盆旁边取暖。多半苦力们都已经在我隔壁睡了，透过薄薄的镶板隔墙，我能听到有几个人在说话。半个时辰前又来了一波旅人，小小的客栈挤满了。突然，一阵骚动，我走到门前往外一看，三顶轿子进了小院，停放在我面前，从第一顶轿子里走出一位身材结实，仪表堂堂的中国人。他身穿松鼠皮毛镶边的花绸长袍，头戴皮帽，看到我站在贵宾房门口时，似乎往后趔趄了一下，便转身去找客栈掌柜，居高临下地对掌柜一番说辞。原来他是当官的，非常恼怒客栈中的贵宾房已经住了人。掌柜告诉他客栈只剩一间房。这间房面积小，沿墙放着炕，炕上胡乱堆着些稻草，通常只有苦力才住这间房。那仪表堂堂的官员勃然大怒，顿时场面一片混乱，那官员，他的两个随从，还有轿夫都说掌柜的欺负人；掌柜的、店小二争辩他们没有欺负人，劝官员一行息怒，恳请他们原谅。可那官员不罢休，依旧怒骂、威胁店掌柜。几分钟内，原本安静的小院满是愤怒的叫喊声。然后，突然一切又回归安静，原来"暴风雨"来去都无征兆啊。骚乱结束了，那当官的住进了客栈唯一的空房间，一位身上湿漉漉的用人送去了热水，不久店掌柜就端去了热气腾腾的大碗米饭，这时候小院更安静了。

半个时辰之后我去院子里伸伸腿脚，打算过一会儿上床睡觉，看见那身材结实的官员和我的那几个衣衫褴褛的苦力一起坐在客栈前的桌子旁。刚才他还那么自大，那么高傲，而现在他静静地抽着水烟袋，和苦力们友善地聊着天，我被眼前的一切震惊了。他刚才的那番吵闹原来都是为了给自己挣面子，他的目的达到了，于是便想和人说说话，这群苦力就成了他的聊天对象。他根本不在乎社会地位的差别，举止也极为友善，根本看不出他有屈尊和苦力聊天的想法，苦力们和他平等地说着话，在我看来这似乎就是真正的民主了。你可以在东方发现人和人平等，地位和财富让某人比别人更有优势，但这纯粹是偶然，并不阻碍地位有高低差异的人相互交往，这种情况在欧洲、在美国，都看不到。

躺在床上，我就问自己为什么在专制的东方，人和人之间的平等胜过自由民主的西方呢？想来想去得出的结论是只有在"臭味"里才能找到答案，因为西方人用气味把人分为三六九等。工人是我们的主人，应该用铁腕统治我们，但不可否认的是工人身上臭气熏天，没人对此感到惊讶，因为工厂上工的铃响之前工人就要赶到，上工前再摸黑洗个澡可不是什么高兴的事儿；重体力劳动者身上也不会时时散发香味，工人换内衣也是迫不得已才换，因为洗衣服的可是他们的毒舌老婆。我并不是指责工人身上臭，而是说他们身上的味道的确很难闻，嗅觉敏感的人无法和他们打交道。早晨洗不洗澡这个习惯对于社会阶层的分类比出生、财富、教育更起作用。那些工人阶级出生的作家更容易把每天洗不洗澡当成社会阶级偏见的标志。当代很著名的一个作家笔下的流氓的标志就是"每天早晨都洗澡"。现在，中国人几乎生活在极其恶心的臭味之中，而他们却没意识到，他们的鼻子对那些能把欧洲人打倒的气味并不敏感。所以，他们才能和农夫、苦力、手工艺人平起平坐。我斗胆地认为"臭味"对民主的价值大于议会对民主的价值。"卫生厕所"的发明摧毁了人与人之间的平等，它对阶级仇恨负的责任比掌握在少数人手中的资本垄断还要大。

第一个拉动冲水马桶冲水阀的人竟无意间敲响了民主的丧钟，想到这一点，真是令人悲伤。

三十七　基督复临安息会教徒

他是个大块头，浑身肉嘟嘟的，看不见骨骼，身上的衣服裹得紧紧的，让人觉得他在买衣服的那个时刻，也正在发胖。他总穿同样的衣服：蓝色西服（衣服上还点缀着一面小小的美国国旗），从百货商店买来的成衣高领衬衫，领子还刮了浆，戴一条印有勿忘我草的白色领带。他鼻子较短，有点地包天，没留胡子，脸上看起来一副坚定的表情；长着一对蓝色的大眼睛，戴着一副金边大眼镜。他两鬓的发际线已经开始后退，头发细软，没有光泽，软软地贴在头皮上，但是头顶上却竖着一撮"反叛分子"。

他第一次沿长江逆流而上，可他对周围的景物没有兴趣，从不看身边滚滚流逝的长江水，也不看日出日落映在周遭那些或悲或柔的颜色。巨大的舢板船在白色方帆的引领下庄严前行；月亮升起，在壮丽的河面泻下一片银色，给岸上隐在树丛中的寺庙平添了几分神秘。

他却明摆着一副百无聊赖的样子。一天中有那么一刻他在学习汉语，剩余的时间里他只读几个月前的《纽约时报》，还读一本1915年7月出版的《议会辩论》，天知道这本书怎么会在船上。他也没有兴趣了解自己要去布道的地方盛行的宗教，他轻蔑地将它们归为"撒旦的礼拜"。我觉得他没读过《论语》，对中国的历史、艺术、文学一无所知。

我没法弄清楚他为什么来到中国。他说起自己现在干的工作，就像进入政府部门工作的人谈论他们的工作一样，虽然薪水不高（他曾抱怨自己的工资还没有工匠高），但他仍然想把事情做好。他想扩大自己教堂的教徒人数，想让自己教区的教会学校自给自足。他曾想把当地异教徒皈依成基督教徒，但现在已没有了那种想法。他把传教布道完全看成是买卖，成功的秘诀在于话要怎么说。他为人正直、诚实、善良，但却没有激情，也没有热情。他似乎认为中国人很单纯。因为中国人不了解他了解的东西，所以他又认为中国人无知，他不免要表现出自己比中国人好。他认为中国人的法律不适合白人，还憎恨中国人期望他遵守中国的风俗习惯。但他终究不是坏人，相反他生性快乐，只要别人不试图挑战他的权威，他绝对会不遗余力地为他人提供服务。

三十八　哲人

如此偏僻的一个地方竟有一片繁华的城市，真是令我惊讶。从有垛口的城门望向太阳落山的地方，可以看见西藏的雪山。城里人山人海，只有城墙还是一个能自由自在走路的地方，走得再快的人转城墙一圈，也需要一个半时辰。这里一千英里方圆的地域里没有铁路，河水很浅很浅，浅到只能通过载重很轻的舢板船。乘舢板小船去长江上游需要五天。闲暇时你会问自己："火车和蒸汽船真有我们这些天天离不开它们的人想的那么有必要吗？"这里虽然没有火车，没有蒸汽船，但这里的一百多万人口依旧正常出生、结婚生子、衰老死亡，他们照常忙着生意，创造艺术，勤于思考。

这个地方还生活着一位出名的哲人，拜会他成了我此次艰难旅途中的一个心愿。这位哲人是中国儒家学说的最高权威，据说他会流利地讲英语和德语，曾是慈禧太后手下某个总督的秘书，现在已告老还乡。每周他都有固定的日子为大家讲儒家思想，以求探究学问。他有弟子，但人数不多，大多数学生愿意去豪华的西洋大学，学习他们认为有用的"夷之技"，不愿来他的寒舍，听他严厉的训诫。要是给他提起这个情况，他便会不屑一顾。据我所闻，他是个有个性的人。

我说自己想见见这位与众不同的哲人，我的东家立刻提议他安排我们见面。但过了多日，我们都未能如愿。我问东家怎么回事，他也只是耸耸肩，不知就里。

"我给他送了一张便条，叫他过来。"他说，"不知道他为什么迟迟没来。这执拗的老家伙！"

我自认为见哲人不应该这么随随便便，所以他对我们这种召唤方式置之不理也就不足为奇。于是，我便亲笔书信一封，信中尽我谦恭之能事，请求他见我一面。一个时辰之后我便收到回复，约定次日上午十点钟见面。

第二天，我坐了轿子去赴约。去他府上的路似乎漫无止境，穿过人来车往的街道，又穿过人迹罕至的小巷，最终来到一条安静、空寂的巷道，一扇小门嵌在一道长长的白墙上，轿夫便在门口停了轿子。一个轿夫上前敲门，过了很长一段时间，门上的窥视孔打开了，一双黑眼睛四下看了看，又问了几句话，终于放我进了门。一位脸色苍白、衣衫简陋的瘦削青年示意我跟他走，我不知道这位青年是家中仆人，还是哲人的学生。

穿过一座寒碜的院落，青年领我进了一间狭长、低矮的房间，屋里零零散散地摆着一张美式掀盖办公桌、几把乌木椅，两张小小的八仙桌。书架靠墙放着，上面摆满了书。多半都是汉语的，但也有许多英文、法文、德文的哲学、科学书籍，还有上千册未装订的学术评论。没有书架的地方，挂着各种风格的书法条幅，我猜上面写的是儒家经典语录。房里没铺地毯，室内显得冷冰冰、光秃秃的，让人不舒服，只有桌上长颈瓶里插着的一朵黄色菊花给屋里添了一抹亮色。

我等了一会儿，引我进屋的青年拿来了一壶茶，两个杯子，一盒维吉尼亚香烟。青年出去之后，哲人进来了，我连忙感谢他给我见面的荣幸，他挥挥手，叫我落座，然后给我倒了杯茶。

"你想见我也让我受宠若惊啊。"他说，"你国人只和中国的苦力、买卖人打交道，他们以为全中国人不是苦力，就是买卖人呐！"

我小心翼翼地表示我们并无此想法，然而，却发现自己并没有完全领会他的意思。他向椅背靠了靠，看着我，脸上挂着嘲讽的表情。

"你们以为只要你们叫，我们就要到？"

我明白了，他在怨恨我那东家朋友送便条叫他上门的事情。我不知道该怎么说，便咕哝了几句问候的话。

哲人已经上了年纪，大高个，头发花白，留着辫子，眼睛炯炯有神，眼袋很重。他的一口黄牙也有残缺，身板极为瘦削，手长得小而好看，但已经枯瘦如爪。据说他还抽鸦片烟。哲人身穿破旧的黑长衫，头戴黑色瓜皮帽，黑灰色的绑腿裤。他看着我，不清楚自己该用什么态度对我，于是便显出一副自我保护的神态来。这位哲人肯定在那些在乎精神层面的人当中占有一席尊贵的位置。根据英国首相本杰明·迪斯累利的权威说法，尊贵需要无限的奉承来伺候，我不失时机地给这位哲人送上了我那份奉承，即刻便感到他没刚才那么紧张了。他仿佛一个摆好架势要拍照的人，听到快门响了之后，便松了一口气，回归了真我。他开始给我看他的藏书。

"我在德国读了哲学博士学位。"他说，"毕业之后我在牛津学习过一段时间。恕我斗胆，英国人并没有研究哲学的天赋。"

他虽说话时歉意满满，但得出他还是很乐意说出让人难堪的话语。

我辩解道："我国也有影响世界思想走向的哲学家啊！"

"你说的是休谟和贝克莱吧？我在牛津的时候，那里教哲学的教师不敢得罪自己的神学派同事，不敢顺应逻辑结果思考，否则自己在大学这个圈子的地位就岌岌可危。"

"您研究过美国的现代哲学发展吗？"我问道。

"你是说实用主义吧？实用主义是那些相信不可思议的东西的人们的最后避难所。我用过的美国汽油比我研究过的美国哲学多一些。"

他的这番论断真够犀利。我们再次坐下来，再喝一杯茶，哲人打开了话匣子。他的英语用词正式，却很地道，时不时地还夹杂着几句德语。要说固执的人能受到什么影响，这种影响一定是德国的影响。德国人的行事方式，还有他们的勤勉深深影响了他。一位勤奋的教授在某个学术期刊上发表了一篇文章，论及哲人自己的著述时，他便领教了德国人的哲学智慧了。

他说："我写了二十本书，而那位教授的文章是欧洲出版界唯一评论我的作品的文章。"

然而，他对西方哲学的研究最终让他满足于在儒学经典中找寻智慧。他笃信儒家哲学，儒学让他的精神需求得以完整，这一点西学似乎无法企及。对此，我颇感兴趣，因为它印证了我的想法：哲学是性格问题，而非逻辑问题，即哲人不相信证据，却相信自己的性情，哲人的思维只在乎证明自己直觉上的真理合乎情理罢了。儒家学说能如此影响中国人的原因在于：没有别的学说能像儒家学说一样能对自身明辨剖析。

哲人点了一根香烟，他的声音起初有气无力，但说到自己感兴趣的话题时，他声调提高了，慷慨陈词。他身上看不到哲人的从容安静，而是一个雄辩家，是一位斗士。他厌恶现代对个人主义的追求。于他而言，社会是一个整体，家庭是社会的基础。他拥护旧时的中国，拥护旧式学堂，拥护君主制，拥护刻板的儒家学说。说起从西洋学堂刚毕业的那些学生，用遭天谴的双手撕毁世界上最古老的文明一事，他言辞激烈，心情痛苦。

"然而，你们知道自己在干什么吗？"他大声问道，"你们凭什么认为自己比中国人优秀？你们是在艺术上超越了我们吗？还是在文学上碾压了我们？我们的思想家难道比你们的浅薄不成？我们的文明难道不比你们的精妙、复杂、进步？你们生活在山洞里，用兽皮遮羞的时候，我们已经是开化的人了！你知不知道中国人也尝试过世界历史上独一无二的实验呢？我们用智慧治国，而非武力治国，几百年来我们将天下治理成太平盛世。为什么白种人看不起黄种人？用不用我来告诉你呢？因为白种人发明了机关枪，这就是你们的优势！我们手无寸铁，你们可以用机关枪送我们见阎王。你们粉碎了我们的哲人法治治国的梦想。现在，你们又用自己霸凌的秘诀来教唆我们的后代，把你们丑恶的发明强加于我们。你们难道不知道中国人对机械这个东西也是有天赋才能的？你知不知道世界上有四亿最踏实、最勤奋的人生活在中国？你以为中国人永远学不会机械那东西？我们黄种人也能制造如白人的枪支一样精良的武器，再把枪口对准白人，那时候你们的优势又在哪里？你们求助于机关枪，机关枪也能将你们审判！"

他讲得正情绪激昂，有人却打断了他。一个小姑娘悄悄地进来，依偎在老先生旁边，好奇地盯着我看。哲人说这是他最小的孩子。他搂住小姑娘，嘴里呢喃着亲切的话语，怜爱地亲了亲她。小姑娘身穿黑色外套，裤子短得盖不住脚踝，背后垂着一条长辫子。小姑娘生在辛亥革命推翻帝制的那一天。

"我认为我的小女儿预示着新时代的春天。"他说，"她是绽放在我伟大中华多事之秋的最后一朵花。"

哲人从自己的掀盖桌里拿了一点钱给小女孩，然后打发她出去了。

"看，我还留着辫子。"他边说，边抚弄自己的辫子，"这是一种象征。我是旧中国的最后代表。"

此时，他语气柔和多了，和我讲起古代的时候哲人们怎样带着学生周游列国，教导那些应该学习的人们。各诸侯国的国君们召哲人进殿，封他们做诸侯，治理城邦。我眼前的这位哲人博学多才，妙语连珠，这段历史在他口中变得多彩动人。我忍不住觉得他是个可怜的人，他自认为有治国的本领，却没有国君赏识他，并委以重任于他；他满腹经纶，渴望三千弟子聆听他教诲，然而，跟随他的只有区区几个乡下孩子，还个个出身贫寒、饥寒交迫、天资有限。

我建议自己该告辞了，试了一两次，他却不愿意让我走，最后我只好径直起身，他拉住我的手。

"我本当送你点礼物，日后权当你拜访中国最后一位哲人的回忆，无奈我囊中羞涩，真不知送什么你才不会见笑。"

我连忙说能拜访他本身就是他赠予我的无价礼物。

"世风日下的年代里人们的记性不好啊。我想送你点实在的东西。若我送书，你又不懂汉语。"

他看着我，一脸和善，却又困惑难耐，我突然有了主意，说："那您给我写一幅字吧。"

"你喜欢书法。"他笑着说，"我年轻的时候字写得出神入化。"

他坐在桌边，拿了一方白纸，铺开，往砚台里滴了几滴水，研磨，然后拿起毛笔，行云流水地写起来。看他写字，我记起来自己听到的有关他的别样传闻，心中觉得很滑稽。据说这位老绅士要能省出几个钱，立刻去烟花巷里放纵一番。他的长子是城里有头有脸的人，他这点丑事让儿子脸上无光，恼怒至极，但出于孝道，才没有对他严厉斥责。我敢说他眠花宿柳这件事于儿子是烦恼，但有人性的学生却能泰然处之。哲人常常在研究中详述自己的理论，得出自己未曾经历过的生活结论。在我看来，哲人们只有经历了普通人经历过的沧桑，他们的研究才会有明确的重要性。想到这些，我已经要原谅眼前这位哲人在青楼打情骂俏这件事了，或许他只是找个地方要对人最不可思议的幻想发表一番阐述吧。

哲人写完了，在纸上撒了一点点灰让墨迹速干，然后起身递给我。

我觉得自己看到他眼神中闪过一丝恶意。

"我斗胆为你写了自己的两首诗。"

"我还不知道您是个诗人。"

"中国还未太开化的时候，"他讽刺道，"凡是读书人都能写风雅的诗。"

我手擎着那张纸，看他写的字，他的书法真是笔酣墨饱啊！

"您能不能给我翻译一下您的诗呢？"

"翻译即背叛。"他回答说，"你不能指望我背叛自己啊。找你的英国朋友吧。那些特别了解中国的外国人不会懂我的诗，但你至少会找到一个人给你简单说一下诗的大意。"

我辞别了他，他极为礼貌地送我上了轿子。

我找了个机会，把他的诗给了我熟识的一位汉学家，以下是汉学家的翻译。我必须承认，读诗的译文时，我不由自主地吃了一惊。

> 你不爱我时，声音甜美，笑意盈盈，双手温柔；你爱我时，声音悲苦，泪眼蒙眬，双手冷酷。

对我的爱竟让你不可人，我的心悲哀。

我盼岁月快流逝，你将失去明眸花容，失去青春的光彩。那时候，只有我还依旧爱你，你最终会懂我的爱。

你已青春不再，人老珠黄，花容色衰，魅力不再。

啊！我不爱你了。即便你爱我，我的心也不会回头了。

三十九　女传教士

　　眼前这位女传教士一定有五十岁了，但她毕生信念坚定，从不受困惑侵扰，因此皱纹也没有侵扰她的面庞；她从不犹犹豫豫，因此眉间也没有紧锁眉头留下的印记。她五官清晰端正，有点男子气概。她的眼神和下巴都透着坚定的意志。一双眼睛湛蓝，透出自信、平静的眼神，从大大的圆镜片后面向你射过来时，已经把你这个人总结过了。你能感觉到这个女人非凡的领导力。她的慈善事业做得非常出色，你敢保证她把自己所有的善心都当成业务完成了。她穿着一条紫罗兰色丝绸裙，上面刺绣繁复，头戴一顶印有巨大三色堇的羽饰丝绒帽，这种帽子戴在不庄重的人头上都显不雅。由此，我们可以设想一下她是个还未完全脱俗的女人（这不算重话）。我叔叔亨利在慧茨特布尔当了二十七年教区牧师，他对牧师的妻子该穿什么有明确的看法，但他从不反对我婶婶苏菲穿紫罗兰色衣服，想必他也不会苛责这位女传教士的衣服了。这位女士语速流畅，仿佛水从水龙头里一泻而下。她交谈起来犹如政客选举获胜之后那般健谈，令人羡慕。你感觉她知道自己说话的意图（大多数人没有这个能力），并且说到做到。

"我总在想，"她愉快地说，"如果你对问题的两方面都了解，你的判断一定和你只了解一方面不同。但事实是2+2=4，你可以整晚对此等式进行辩论，但你无法把它变成2+2=5，我说的对吧？"

尽管这些相对论的新理论，无限远的行为理论以这种惊人的方式展现，我内心深处根本无法确定她是不是对的，但我依旧连忙回答"没错"。

"没人能既拥有蛋糕，还能同时把蛋糕吃掉，"她继续说，用克罗齐的"语法和表达没太大关系"的理论做例子，"一个人要既能接受平顺，也能接受挫折，但我时常给孩子们说不能凡事都按自己的心意来做。世上没有完美的人，但我总以为你把人想得很好，你就能遇到很好的人。"

我承认她的一番话让我错愕，但我还是决定说点什么，这也是我应有的礼貌。

"多数人都能活到看见乌云背后有阳光的时候，"我真诚地说道，"只要坚持不懈，力所能及的事情多数还是能做到的。毕竟，拥有梦想不如量力而行。"

我想她听了我的话，眼神中闪过一丝困惑，但我敢说那是我的错觉,因为她接着便使劲点头。

"当然,我明白你的意思,"她说,"我们不能不自量力。"

但我此时兴头正高,便挥手示意她不要打断我说话,我继续说道:

"很少有人能意识到一个深奥的道理:一英镑由二十先令组成,一先令由十二便士组成。我敢说清清楚楚地看到自己的鼻尖胜过迷迷糊糊穿过一堵砖墙。要说我们能笃定什么,那就是整体总比部分好。"

她和我衷心地握了握手,握得坚定而有特色,然后向我告辞,并且说道:

"我们聊的话题太有意思了。在远离文明的蛮荒之地,能和一个与自己见解相当的人这样聊天,真是大有裨益。"

"尤其是交流别人的想法。"我低语道。

"我一直认为先贤的伟大思想能让人受益匪浅,"她反驳道,"可以表明那些伟大的逝者没白活一场。"

她的话真叫人难忘。

四十　打桌球

我坐在宾馆的大堂，正在读前几天的几份《中国南方时报》，宾馆酒吧的门"咣"一声甩开了，一个身材瘦长的人走了出来。

"你愿不愿意打桌球？"他问道。

"当然愿意。"

我起身和他一起走进酒吧。这家宾馆不大，石头建造的，外表有点浮夸，店老板是个抽鸦片的葡萄牙混血儿。宾馆的客人不足六七个：一个等船载去远方殖民地的葡萄牙官员和他的妻子；一个整天醉汹汹、郁闷的兰开夏郡工程师；一个年纪不小，时常只到餐厅用餐，然后即刻回屋的风骚神秘女士。我以前没见过叫我打桌球的陌生人，我猜他是那晚乘一艘中国船只过来的。我觉得他五十好几，身体干瘪，好像热带的太阳已经把他身上的水分晒干了，脸色近似砖红。我猜不到他是干什么的，或许他是一位失业的船长，或许是香港某家外国公司的代理。他沉默不语，打球的时候我寒暄几句，他也不做回应。他的桌球技艺虽不能说出类拔萃，也能称得上好，主要是和他打桌球很愉快，若我开球时母球落袋，他自由摆球时也不会把球一网打尽，总会给我再次击球的机会。

"你信命吗？"他问我。

我对他的话一点也不吃惊，反问道："打桌球的时候？"

"不，生活中。"

我不想正经八百地回答他，便说："我不知道。"

他打了一杆，稍微休息一下，罢了，用白垩粉擦了擦球杆，说道：

"我信命。我相信有些事情你躲也躲不掉。"

他就说了这么一句话，再没多说一个字。我们打完后，他便回屋睡觉，后来，我再没见过他。我永远无法得知是什么奇怪的感情促使他问一个陌生人那样唐突的问题。

四十一　船长

我知道他喝醉了。

他是这艘新船的船长，一个优雅的小个子，没蓄胡子，他要是应聘潜水艇的指挥官，也容易过关。他的客舱里挂着一套带着金色穗带的新制服，这是嘉奖给那些在战时表现出色的商船的，但他却不好意思穿它，他只不过是航行在长江上的一只小船的船长，穿这么一套衣服似乎未免荒唐。他站在船桥上，身穿一套整洁的棕色西服，头戴小礼帽，皮鞋擦得锃亮，都能当镜子了。他眼睛清亮，皮肤细腻，在海上工作了二十年，现在应该四十几岁了，但他看上去不过二十八岁。你可能坚信他生活很检点，身心都很健康，别人口中的东方的堕落没有影响他。他喜爱通俗文学，书架上放着E.V.卢卡斯的著作。客舱里摆着一张足球队照片，他是其中一员，还有两张是同一个年轻女子的照片，照片上的女子烫着漂亮的头发，很可能是他的未婚妻。

我知道他喝醉了，但要是他没突然问我一个问题，我就不知道他醉得如此厉害。

他问："什么是民主？"

我的回答有点闪烁其词，可能还有点轻率，因为有那么几分钟我们的谈话转向了合乎时宜的话题。然后，他打破沉默，说道：

"我希望你不要认为我问了'什么是民主'这个问题，你就把我当成社会主义者。"

"根本不会，"我答道，"但我不明白为什么你不该是个社会主义者？"

"我以人格担保我不是。"他反驳道，"如果可能，我会把社会主义者拉到墙根，站成一排，枪毙他们。"

"什么是社会主义？"我问道。

"你知道我的意思，就是亨德森、拉姆塞·麦克唐纳那一伙人。"他回答道，"我对工人厌烦透了。"

"可我以为你也是个工人啊。"

他沉默了许久，我想他的思绪飘到别处去了，但是我错了，他在尽力思考我说的话，因为他最终说道：

"看这儿！我不是工人。见鬼！我是哈罗公学的学生。"

四十二　婴儿塔

我对看风景不是很积极，所以向导劝我游览某个著名的历史遗迹时，不论他是出于职业需要，还是友善提醒，我都会倔强地告诉他们"别管我"。过去已经有太多人仰望过勃朗峰了，太多人看到西斯廷圣母像时百感交集了。这些风景名胜仿佛同情心横流的女人：她们的同情心慰藉过的人太多了，再向你抛来那份同情时，你都不好意思用你老练圆滑的方式给小心谨慎的她们诉说你的悲痛了。哪怕我的悲痛就是那根"压垮骆驼的稻草"，我也要把它（如果我没法独自忍受，那更好）倾诉给一个不知道该怎么安慰我的人。我在国外时愿意随意四处走走，如果我没看到哥特式的大教堂，我可能偶遇一座罗马式教堂，或文艺复兴时期的门廊，我可以自己暗自高兴，不受旁人打扰。

但这一处地方太不寻常，错过的话太荒谬了，我也是纯粹偶遇罢了。那日，我正沿着城外一条土尘尘的街道闲逛，走着走着，看见一些牌坊。那些牌坊很矮，未经雕琢，并未立在道路中央，而是沿路一字排开，一个挨着一个，有的立得比别的牌坊稍微靠前一点。这些牌坊似乎不是为了对逝去的人的感恩或标榜，倒像是在恭贺什么，就好像英国国王生日那天要给城里显赫的公民封爵士头衔一样。这列牌坊后面便是山坡，这个地方的中国人有把过世的人埋在山坡上的习俗，所以山坡上到处是密密扎扎的坟堆。一条常有人走的小路通向一座塔，我便沿路朝塔走去。那座塔很矮小，大概只有十英尺高，用粗糙的石块建成，圆锥形的塔身，尖塔顶。小塔立在小山丘上，被坟茔包围着，一副古雅的样子，衬在蓝天下仿佛一幅画。塔底座下乱七八糟扔着一些质地粗糙的竹篮子。我围着塔转了一圈，在塔的另一面看到一个椭圆形的洞，大概十八英寸长八英寸宽，洞里悬着一根粗绳子。洞口飘来一股令人作呕的怪臭。突然，我意识到这座样子奇怪的小塔是干什么用的了。这是一座"婴儿塔"，扔在这里的竹篮子就是提婴儿上来的篮子了，有两三个篮子还很新，应该是几个时辰之前扔在这里的。那绳子是干什么的？如果提婴孩上来的人，不论是父母、祖母、接生婆或受人之托的朋友，只要还有一点点人性，就不能直接把孩子扔进坑里（塔底是深不见底的坑），这根绳子便会派上用场。那气味是婴孩尸体腐烂的味道。我站在那里，一个活泼的小男孩来到我身边，告诉我早上有四个婴儿被提上来。

有的哲学家带着满足看待"恶"，他们说若没有"恶"，就不可能有"善"。没有需要，就没有慈善的用武之地，没有因同情而生的悲苦，没有因勇气而来的危险，没有因放弃生发的难过。他们会为中国人的溺婴方式找到合理的解释。除了婴儿塔，这地方要是没有孤儿院，游客会错过这个让人奇怪、令人感兴趣的地方，几个穷苦的女人也没有机会去施展自己的美德。孤儿院破旧不堪，泥污斑斑，坐落在城里贫穷又拥挤的地方，由五个西班牙修女管理，她们觉得生活在自己最为人需要的地方最方便，再说，她们也没钱在有益健康的地方修建宽敞方便的房屋。孤儿院的资金来源于修女们教孤儿们做的活，编织的蕾丝，绣的绣品，还来源于信徒们的捐助。

院长和一位修女带我参观了修道院能参观的地方。工作间、游戏室、宿舍、食堂，各种房间墙壁都刷得粉白，但房子低矮，没有铺地毯，很凉快，进入这些房间总感觉很奇怪，因为自己感觉像到了西班牙，经过一扇窗户时，总期望看见希拉尔达寺院。看到修女们温和地教导孩子们干活，这一幕真的很温情。修道院里有两百个孩子，当然他们都是被父母遗弃的孤儿。有几个孩子在一间屋子里玩耍，大约全都只有四岁，个头差不多一样大，都是黑眼睛、黑头发、黄皮肤，这些孩子基本上长得一模一样，似乎都是儿歌《住在鞋子里的老奶奶》的孩子的中国版。她们看见院长和修女，便挤过来，和她俩嬉戏起来。院长的声音温柔极了，我从未听过比她的声音更温柔的声音了，但她和这些小娃娃嬉戏时声音更温柔了。孩子们依偎在她身边，此时，院长和孩子就是一幅典型的"慈善图"。有些孩子长得畸形了，有些病恹恹的，有些孱弱丑陋，有些眼睛失明，看得我内心一颤。但看见院长善良的眼睛中充满的爱意，盈盈笑意中荡漾的深情时，我更感到惊讶。

院长她们又带我去了客厅，请我吃了一种甜甜的西班牙式小蛋糕，还端来一杯曼赞尼拉酒让我喝。我告诉她们自己曾生活在塞维利亚，她们又叫来一名生在塞维利亚的修女，让她和我这个见过她出生地的人聊上几分钟。院长和修女们带我看了她们小小的礼拜堂，礼拜堂里放着一尊俗丽的圣母玛利亚雕像，摆着纸花，装饰得俗气粗劣。但我看来，小礼拜堂的粗俗中透出的是她们高尚的精神。我将要告辞时，院长问我愿不愿意看看那天刚刚抱来的婴儿。她们为了让人们把遗弃的婴儿抱到修道院来，给每个婴儿出价两角钱。一个婴儿值两角钱！

院长解释道："修道院路途远，所以我们不给点有价值的东西，人们不会犯麻烦把弃儿抱来的。"

院长领我来到靠修道院入口的一间会客室，桌子上四个新生儿躺着，身上盖着床单。她们刚刚洗了澡，穿上了衣服。院长揭开床单，我看见四个小家伙并排平躺着，小脸红红的，扭着小身体，可能是因为洗了澡后饥饿的缘故，她们一副烦躁不安的样子。这四个小娃娃的眼睛大得不可思议，她们小得可怜，非常无助。看着她们，人不由自主地会笑起来，但笑的同时又会哽咽起来。

四十三　日暮

　　将近傍晚，你走累了，坐进轿子里，在山顶处进了一座石头砌成的城门，你想不出远离村庄、荒凉如此的地方为什么会有城门，但厚重的城墙留下的残垣断壁依然能够证明这是遥远的某个朝代的防御工事。穿过城门，便看见山下稻田里的点点水光，一块块田地相互交织延展着，仿佛是中国版的《爱丽丝梦游仙境》中的棋盘。映入眼帘的除了稻田，还有树木茂密的圆山头。沿着石头台阶（这可是连接城市之间的主干道）下山，夜色越来越浓，此时你会穿过一片灌木丛，一股树林在夜晚发出的清冷气味扑面而来。突然，轿夫们有规律的脚步声从你耳中消失了，你也听不见他们把轿杆从一个肩膀换到另一个肩膀时喊出的声音了，轿夫们偶尔的谈话也飘不进你的耳朵了，你也听不见他们为了缓解旅途的无聊偶尔放声唱的歌声了。你的注意力全在这树林散发出的气味上，它和你经过布莱恩的森林时，肯特郡肥沃的泥土发出的气味一模一样。乡愁一下子罩住你的心，你的思绪开始穿越时空，飘向一个很久远的地方和年代，想起自己逝去的青春年华，还有年轻时对自己寄予的厚望，年轻时富有激情的爱，年轻时的雄心壮志。如果你是别人口中的悲观主义者，那么你一定是个多愁善感的人，此时你的双眼会不由自主地蓄满泪水。等你恢复平静时，夜幕已经降临。

四十四　正常人

我曾被迫学过解剖学，那是一门特别枯燥乏味的学科，要识记的内容毫无韵律可言，也没有一丝缘由。但是，老师帮我解剖大腿组织时曾说过一句话，这句话一直萦绕在我脑海中。当时，我正在寻找某个神经组织，却怎么也找不到，这就需要老师用其高超的技术帮助我，他在一个我没有寻找过的肌肉组织里发现了这个神经。当时，我觉得很委屈，因为课本误导了我。老师听了之后笑着说："世上'正常'是最难得的，明白吗？"

虽然老师在说解剖学问题，但他的话同样适用于人。一次不经意的观察让我印象深刻，胜过深奥的那些研究。许多年过去了，我对人的了解越来越深，这让我更加体会到老师当年说的那句话多有道理了。我遇到过不下一百个看似非常正常的人，不久便发现他们有极特别的癖好，这种癖好就能把他们归为"不正常"的行列。发现外貌正常的人隐藏的怪异行为是我的一大乐事。在别人发誓赌咒认为"正常人"的身上发现令人厌恶的邪恶着实让我吃惊。最终,我把寻找"正常人"当成一件珍贵的艺术工作去做,于我而言,发现一个"正常人"会让我不同寻常地满意,这种满足感可以称之为"唯美"。

我本以为自己能在鲍勃·韦伯身上发现"正常人"的特点呢。鲍勃是一个小港口的领事,别人给我讲过他,在我穿越中国的旅途中,听到的都是别人说他好。不论何时,只要我提起自己要去鲍勃工作的港口,别人便会说:"你会喜欢鲍勃·韦伯的,他真是个好人。"

鲍勃不论是做官还是为人,都受人喜爱。他能讨商人开心,因为他自己的利益和商人息息相关。但同时,他又不得罪那些夸他立场坚定的中国人,也不得罪对他的私生活赞赏有加的传教士们。他用自己的机智、决心、勇气在危难时刻不但救过住在他曾生活过的城里的外国人,也救过那里的中国人。他是交恶双方的和平使者,能用自己的足智多谋满意地解决问题。他是上司提拔的备选人选。我发现他的确很有个人魅力,虽然长相不算英俊,但却让人看着舒服。他比一般人高,身体健硕,但不臃肿,气色很好。现在,偶尔早晨时他有点浮肿,毕竟快五十岁的人了。不过,面部浮肿也不足为奇,毕竟待在中国的外国人吃喝太过无度。鲍勃对美好的事物都很向往，所以他的餐桌上食物总是很丰富，他又喜欢和别人一起用餐，常常有人和他一起共进午餐，或共享晚餐。鲍勃长着一双和善的蓝眼睛，有一种让别人愉悦的社交天赋。他弹得一手好钢琴，却总喜欢弹别人喜欢的曲子。如果有人想跳舞，他便会立刻弹起"一步舞"或"华尔兹"舞曲。他要供养远在英国的妻子和一双儿女，所以没钱常年保有赛马的爱好，但他对赛马有着浓厚的兴趣；他网球打得很好，打桥牌的技艺也比常人高一筹。鲍勃和他的同事不同，从不因为自己的职位而骄横，晚上去俱乐部的时候，他总是和蔼可亲，真诚自然。他也不会忘了自己是大不列颠国王委派的领事，所以能谦恭地保持他这个地位应有的尊严，对此，我佩服至极。总之，他修养极好，和人谈话总是很愉快，虽然他的兴趣平凡，但数量众多。他很幽默，能开玩笑，也能讲动人的故事。他的婚姻很美满，儿子在卡尔特修道院，他拿给我看的照片上那少年穿一条法兰绒裤子，身材修长，长相俊美，面相老实，讨人喜欢。他也给我看了他女儿的照片。对中国人来说，一个人长期和家人两地分居便是悲剧，这几年又因为战争爆发，鲍勃已经八年没回过家了，他妻子当年带着孩子回家的时候，儿子八岁，女儿十一岁。本来他们打算等他能休假的时候一起回国，可是他被分派到一个不适合孩子待的地方。于是，他便和妻子决定由她立刻带着孩子们先走。他本是孩子们走后三年能休假一年，无奈他要休假的时候战争爆发了，领事馆人手短缺，他离不开工作。他妻子也不愿把年幼的孩子单独抛下，路途遥远又艰难，谁也不知道战争要打多久，时间就这样一年一年过去了。

"我最后一次见我女儿的时候，她还是个孩子。"鲍勃给我看照片的时候说，"现在她已经结婚了。"

"你什么时候休假？"我问道。

"我妻子就要来中国了。"

他看看照片，又把眼光移开，脸上的表情很奇怪，在我看来甚至有点抱怨。他说："我离开家太久了，再也回不去了。"

我往椅背上靠了靠，抽起烟斗。照片上的姑娘十九岁了，大大的蓝眼睛，剪着短发，长相漂亮，坦诚友好。最惹眼的是她脸上的表情特别迷人，鲍勃的女儿是个万人迷啊，她透出一种迷人的胆量，我很喜欢。

过了一会儿，他说："她寄来这张照片的时候，我吃了一惊。在我心里她一直是个孩子。如果我在街上碰到她，肯定认不出她了。"他不自然地笑了笑。

"不公平啊……她小时候可喜欢被我们宠爱了。"

他的眼睛盯着照片，我似乎看见他眼神里闪过一种他不该有的感情。

"我几乎认不出她是我女儿了。我以为她要和她妈妈一起过来，却不想她写信来说自己订婚了。"

鲍勃把眼光彻底从照片上移开了，我觉得他嘴角向下撇着，还挂着一丝特别的尴尬。

他抱歉地笑了笑。

"我没办法啊，你懂的，"他尴尬地说，"我心里有个坎儿。"

"你女儿的未婚夫怎么样？"我问道。

"她爱得发疯，她写给我的信里除了讲那个小子，没说别的。"他声音在奇怪地颤抖，"把孩子生下来，教育她、爱她不容易，但父母的辛苦最终全是为了一个他们根本不认识的小子在付出。我有那小子的照片，但不知放哪里了，我觉得自己并不在乎他。"

他又给自己斟了一杯威士忌。他累了，看上去年老、浮肿。他沉默良久，突然好像回过神来一样，说道："谢天谢地，她妈就要来了。"

我觉得鲍勃根本算不上一个正常人。

四十五　老人

他七十六岁了，来中国做一艘航船的二副时还是个小男孩，然而，就再也没有回过家。后来，他换了很多份工作，干得最久的属掌管一艘从上海至宜昌的航船，他因此对长江里的急滩缓波了如指掌。他还在香港当过一艘拖船的船长，参加过"常胜军"，借"义和团运动"劫掠到大量财物。辛亥革命北伐军攻打汉口时，他就在汉口城里。他娶过三个老婆，第一个是日本人，第二个是中国人，快五十岁的时候娶了一个英国人。现在三位妻子都已经过世，只有那个日本老婆还久久萦绕在他心头。他会给别人说起他的日本妻子怎么在上海的家里插花——花瓶里只插一朵菊花，或只插一枝樱花；他忘不了那日本妻子双手奉茶的样子，优美极了。他有好多孩子，但他对孩子没什么兴趣，这些孩子现在四散在中国各个码头、银行、运输公司工作，他也很少见孩子们。他对自己和英国老婆生的女儿深感骄傲，那也是他唯一的女儿，但她嫁了个好丈夫，已经去英国了，他再也见不到了。他现在唯一喜爱的人是跟了他四十五年的仆人，一个六十多岁的干瘪秃头中国佬，动作慢，性情严肃。他和他那仆人时常吵架，他总会对那仆人说自己不干工作了，用不着仆人了；那仆人便接话说自己已经伺候够这个神经病洋鬼子了。但他俩都明白自己说的不是真心话，他们是老朋友了，两个老人会一直黏在一起，直到死亡把他们分开。

他娶了英国老婆之后才从船上退休，然后把积蓄都投到一家宾馆了，却没成功。那宾馆离上海有点距离，是个避暑山庄，那时候中国还没有汽车呢。他这个人爱社交，总是混迹于酒吧里，又为人大方，自己喝酒，也没少请别人喝。他习惯在浴室吐痰，还有许多神经质的毛病，上他家的客人都不喜欢。他最后一个老婆死了以后，他才发现是他老婆努力没让他们的生活变得很糟糕。不久，他就陷入困境。因他所有的积蓄都买了那个避暑山庄，现在只能抵押，一年一年地弥补赤字。无奈之下，他把避暑山庄卖给了一个日本人，六十八岁那年还清了债务，却落得身无分文。不过，好在他是个水手，长江上的一个船务公司雇佣他当了大副（他没有船长证）。就这样，他回到了自己熟悉的河上，八年来，跑同一条航线。

现在，他站在船桥上，这艘船虽比不上泰晤士河上的小蒸汽船大，却也小巧精致。他依旧像自己少年时代一样风度翩翩，身体笔直，身材修长，穿一身帅气的蓝制服，公司的制服帽顶在一头白发上，下颌上的一撮胡子修得干净整齐。七十六岁是高寿啊，他向后扬了扬头，手里拿着眼镜，望着浩浩荡荡、蜿蜒曲折的江水。中国领航员站在他身边。一队高船尾、方船帆的舢板船沿着湍急的江水而下，桨手们划着桨发出吱吱呀呀的响声，他们边划，边吟唱着单调的船工号子。夕阳映照下的江水泛着一抹柔和的苍白，和玻璃一样平滑，异常可爱。江边平坦的岸上树木和破旧的村庄曾在白天的热浪中变得模糊，现在都成了清晰的剪影，像皮影戏中的皮影一样映衬在泛白的天空下。天空传来几声雁鸣，他循声望去，看见一对大雁正排成人字形，飞向不为他知的地方。远处贴近落日的地方矗立着一座孤山，山顶盖有一座寺庙。这些景色是他日常见惯的，所以有种奇怪的感觉。一天又将结束，不知为什么他想起自己久远的过去，想起自己已然活到了高寿，他没有什么遗憾。

"没错，"他嘀咕道，"我活得很棒。"

四十六　平原

　　这里记录的插曲固然琐碎，说起来也容易，但让我惊讶的是自己内心的眼睛完全没看到自己感官的眼睛看到的一切，一个人竟如此受制于心理联想的法则，真让我吃惊。我日复一日地跋涉在高地上，心里明白今天自己要邂逅一片平原，那片平原上坐落着我要去的城市。然而，早上出发时，没有迹象表明我已经离那座城不远了。不过，山脉依然峻峭，登上一座山顶，本以为会看到山谷，却不想又看到一座更陡峭、更高耸的山脉。继续攀爬，可以望见自己一路走来的白色堤路沿着一块崎岖的黄褐色岩石的边沿蜿蜒向前，在阳光下熠熠生辉。天空湛蓝，西边的天上零零散散挂着小朵的云彩，仿佛傍晚停靠在肯特郡邓杰内斯的渔船。我继续跋涉，一直都是上山路，心里明白等在前方的景色如果不在这个转弯处，一定在下一个转角处。我的心飘到了其他地方。突然，期待的那个景色出现了,终于等到了!可是,我看到的却不是中国风景,没有稻田,没有牌坊,没有亦真亦幻的寺庙,没有隐在竹林里的农家院,没有路边的客栈,更没有在客栈的菩提树下歇脚的苦力。我眼前展现的竟是莱茵河山谷,在落日的余晖中涂上了金色的莱茵河山谷。一条河流,仿佛一道银色的条纹,横贯平原,远处耸立着沃尔姆斯大教堂的塔楼。这个平原是我少年时在海德堡读书时见到过的那个平原。那时,要在位于沃尔姆斯城北方的山里穿行很久,那山上长满了冷杉树,才能到这个空旷的平原上。我曾在那个平原上平生第一次认识到了"美";第一次因获得知识而感到喜悦(我读过的每一本书都是一次历险);第一次知道与人交谈是那么愉悦(那些平凡的事物在青年的初次经历中都是不平凡的);早晨,于晨光中徜徉在安拉格花园,散步结束之后喝一杯咖啡,吃一块蛋糕,我那有节制的年轻躯体立刻就能精神焕发;黄昏,悠闲地坐在城堡的晒台上,俯瞰古老城镇中一座又一座被蓝霭笼罩的屋顶;这里生活过歌德、海涅、贝多芬、瓦格纳、施特劳斯和他的圆舞曲;这里有啤酒花园,乐队在花园里奏响音乐,梳着金色辫子的姑娘们从容地穿过花园。回忆拥有感官吸引力的全部力量,这平原上的景色于我不是随便哪个地方,它只是莱茵河山谷,而且它还是我熟知的那个辽阔景色,那片平原在落日的余晖中金光灿灿，一条银色的河流横贯其间，像一条生命之路，又像是指引你前进的理想，远方矗立着古城的灰色塔楼，这一切是我仅知的幸福的象征。

四十七　失败者

此人又矮又胖，像绿林好汉一样戴一顶大宽边的怪诞帽子，上身穿一件里奇画作中海员那样的厚呢上衣，腿上套着一条宽格子裤，那式样不知过时多久了。他脱下帽子，便露出一头浓密的长鬈发，年近六十，却不见白发。他五官平平，穿的那件衬衣领口很大，整个粗壮的脖子全都裸露着。他脸上的表情就像60年代悲剧中的罗马皇帝。他声音浑厚低沉，让他更像老派的演员了，就是粗短的外表有点不符。你可以想象一下他浑厚的嗓音念起谢里丹·诺尔斯的无韵诗时，观众会怎样地疯狂。他给你打招呼的时候动作很夸张，凭这个夸张的动作你能想象一下若1860年他能登台表演，用洪亮的嗓音哀悼自己的亡儿时，你的心将怎样一阵阵地痛楚。没过一会儿，你便能领略他的表演才能了。他会对自己的中国仆人说："我的靴子，嘿！小子，我的靴子。我愿用一座城池换我的靴子。"他演得好极了，连他自己都承认他应该去当个演员。

"生存还是毁灭,这是一个问题。但是我的家人,我的家人,亲爱的孩子,他们会因为耻辱而死去,我便暴露在残暴的命运射来的枪林弹雨中了。"

长话短说,他是以品茶师的身份来中国的,但他来的时候锡兰茶已经取代了中国茶,所以想靠茶叶生意几年内发家致富已经成了妄想。他已经入不敷出,但继续着过去的浪费习惯,延续着奢侈生活,日子越来越艰难。最后,甲午战争爆发,中国战败,台湾被割让,他破产了。品茶师找了其他工作糊口,做过酒商、殡仪员、房地产经纪人、掮客、拍卖员,他把自己能想到的职业都做了一遍,但港口繁荣不再,他的这些尝试都无济于事,生活对他太残酷了,最终他有了一副潦倒之徒的可怜相,仿佛一个不愿相信自己容颜已逝的女子寻求别人的恭维,这些恭维话只能让她安心,却不能让她自信,他的样子像极了那些女子的恳求,竟然让人觉得有几分可怜。但是,与那些女子不同的是,尽管他只获得了安慰,他却非常自信。他明白自己是个失败的人,但这不是什么大问题,因为是命运害了他,他脑中从未怀疑过自己的能力。

四十八　研究戏剧的学者

他递上的名片印制精美，镶着浓黑的边，姓名底下印有"现代比较文学教授"的字样。结果，他年纪不大，个头不高，长着一双优雅小巧的手。他的鼻子在中国人里要算大的，戴着金丝边眼镜。尽管那天气温不低，他却身着一套欧式厚花呢西服。他似乎有点害羞，讲话音调很高，仿佛嗓子永远不会痛一样，这尖声尖气的嗓音让我觉得和他聊天不真实，也不知为什么我会这样想。他曾在日内瓦、巴黎、柏林、维也纳留学，讲流利的英语、法语和德语。

他好像是讲戏剧课的老师，最近还用法语写了一本探讨中国戏剧的书。因为自己留过学，所以他对法国剧作家斯克里布特别感兴趣，斯克里布的戏剧是他为重建中国戏剧提倡的模板。听他说戏剧应该激动人心时，真让人奇怪。其实，他的意思是戏剧剧本要精彩、场面要热闹、分幕要合理、情节要戏剧化。中国戏剧具有高度的象征性，一直是我们西方人向往的那种观念戏剧。然而，由于太过沉闷，中国戏剧也在渐渐消亡。思想不会遍地开花，需要创新让其永葆青春；一旦思想腐朽，其面目也会狰狞至极，这句话是真理。

我记起他名片上印的名号，便问他推荐什么英语类、法语类的书让学生读，让他们熟悉当代文学。他犹豫片刻，最终说："我真不知道该推荐什么书。您也明白我的专业不是文学，我只研究戏剧，如果您对文学感兴趣，我可以叫讲'欧洲小说'的同事来拜访您。"

"对不起，能再说一遍吗？"

"您读过《阿弗雷》吗？"他问道，"我认为《阿弗雷》是继斯克里布之后欧洲最杰出的戏剧。"

"您读过吗？"我礼貌地问他。

"读过。您瞧，我们的学生对社会学问题特别感兴趣。"

不幸的是我没读过他说的那个剧本。于是我巧妙地把话题转向我零零散散读过的一些中国哲学。我提到庄子，我面前的这位教授吃了一惊。

"庄子生活在很久远的年代。"他不知所措地说道。

"亚里士多德也是啊。"我和蔼地低语道。

"我从来没研究过哲学家，"他说，"但我们大学有教中国哲学的教授，如果您对中国哲学感兴趣，我可以让他来拜访您。"

和一个学究争论无用,就好像海神(我想象中海神比较盛气凌人)和河神聊天,聊不出结果,我便绕回到戏剧的话题。这位教授朋友对戏剧的技巧颇感兴趣,正准备要讲一堂有关戏剧技巧的课,他把戏剧的技巧想得既复杂又深奥。他颇想奉承我,问我什么是戏剧技巧的奥秘。

"我只知道两个,"我答道,"一个是常识,另一个是切中要害。"

"写戏剧也只要这两点吗?"他问道,语气中有一丝惊讶。

"你需要某种技巧,"对此我表示认可,"但写戏剧的技巧没有打桌球的技巧多。"

"美国很多重点大学都开设了戏剧技巧有关的课程。"他说。

"美国人极端地实际。"我答道,"我想哈佛大学都要选出一个主席来教人怎么班门弄斧了。"

"我觉得自己似乎听不懂您讲什么。"

"你若不会写戏剧,没人能教会你,如果你会写,那么简单得像从高处放圆木下来。"

这回,他的表情是真正的困惑不解了,但我觉得他的困惑是因为自己吃不定我说的"简单得像从高处放圆木下来"是物理教授的研究领域还是应用力学教授的研究领域。

"可是，如果写剧本真有那么简单，为什么剧作家还要花那么长的时间？"

"你知道他们没花那么多时间。洛浦·德拉维加、莎士比亚，还有成百个剧作家轻轻松松就写出那么丰富的内容，而现代的一些剧作家根本没文化，把两个句子连在一起都是大困难。一位出名的英国剧作家曾给我看过他的手稿，他写了一个这样的问题：'你茶里要加糖吗？'可完成这个问题之前，他把这个句子写了五遍，才有了上面那个样子。写小说的人要是直言他想说的话，那么他就会饿死了。"

"您不会说易卜生没文化吧？众所周知他写剧本要花两年时间。"

"易卜生在构思剧本情节的时候遇到大麻烦了，这很明显啊。他绞尽脑汁，绞了数个月，却没绞出结果，无奈只能用他以前用过的情节了。"

"什么意思？"这位教授提高嗓门，尖叫着说，"我根本不明白您在说什么！"

"易卜生把一个情节用了一遍又一遍，你没注意到吗？他笔下的情节总是这样：一群人正待在一个密闭闷热的房间，然后有人来了（这个人要么从山上来，要么从海上来），'咣'一声，打开窗户，屋里那些人头脑立刻冷静下来，然后落幕。"

我觉得此时应该有一丝淡淡的微笑点亮教授阴郁

的脸,然而,他却拧着眉毛,凝视前方,大约过了两分钟,他站了起来。

"我会记得您说的话,再次详读易卜生的戏剧。"他说。

教授离开之前,我还是问了他一个问题,这个问题是认真研究戏剧的学者彼此偶遇时常会问的问题,即"他认为戏剧的未来应该是什么?"我觉得他说了句"该死!"但我仔细回忆了一下,他应该用法语说了一句"哦,天呐!"然后叹了一口气,摇了摇头,伸出那双优雅的手,看上去很沮丧。此时,我发现中国戏剧的状况和英国戏剧的状况一样令人绝望,两国凡有识之士都有相同的看法,这一发现给了我一些安慰。

四十九　大班

他心里比谁都明白自己是个大人物。他是英国一家大公司设在中国分公司的大班，地位举足轻重。他全凭自己出色的能力爬到今天大班这个位置，因此，他现在可以风轻云淡地笑着回忆自己三十年前刚到中国时乳臭未干的小职员岁月了。他记起自己的老家，那所位于巴恩斯郊区的一长排小红房子里的一栋，这些房子本是想吸引上流社会人士的，却不想沦落到暗淡阴郁的境地。再看看现在他住的这栋气势宏伟的石头砌成的宅邸，宽阔的阳台、宽敞的房间。这房子既是公司的办公室，也是他的住所。把老家的房子和现在自己的住宅一比，他满意地轻声笑了，他的发展可不小啊。他又想起自己小时候放学（那时他在圣保罗学校读书）回家后和父母还有两个姐姐一起吃的下午茶，只有一片薄薄的冷肉，一大片面包，涂满了黄油，茶里掺了很多牛奶，大家各吃各的；再想想现在他吃晚饭的情况：每次都穿得周周正正，不管是独自用餐，还是宴请朋友，他都要三个仆人在桌边伺候。他的贴身仆人完全了解他的喜好，所以他从不用操心家务，仆人自会在晚餐时预备鱼、汤、开胃菜、烤肉、甜味和咸味食品，以免他开饭前最后一刻决定要请朋友来用餐。大班喜欢这些食物，觉得没必要自己独自吃饭的时候就要比宴请朋友的时候吃得差一点。

他确实发达了，因此，不在乎回老家了。他已经十年没回过英国了，他去日本和温哥华这样的地方度假，因为他确信在那里能遇见从中国来的老朋友。他在英国不认识什么人，两位姐姐嫁了当地人，丈夫是职员，儿子也是职员，他和姐姐、姐夫、外甥没什么联系，这些人提不起他的兴趣，只有每年圣诞节送这些人一方丝绸、一些精美的绣品或一盒茶叶的时候，他才愿意承认他们之间有亲缘关系。他不吝啬，母亲在世的时候，生活费他没断过。但是到退休的时候，他并不打算回英国。他见过很多人退休后回了英国，可是回去后过得并不好。他打算买一所位于赛马场附近的房子，玩玩桥牌、骑骑马、打打高尔夫，他打算就这样舒舒服服地度过余生了。可他离退休还有很多年呢。再过五六年，希金斯就退休回家了，然后他就接管上海的总部。目前，他很满意自己的现状，他能存钱，这在上海办不到，而且在这里玩得很开心。他待的地方比上海有个好处：他在自己的圈子中最权威，说的话很有分量，领事都要留心与他搞好关系。一次，有个领事和他起了冲突，结果受罚的是那领事，不是他。想起这件事，大班还好斗地扬了扬下巴。

可他又笑了，因为他心情非常好。他刚刚在汇丰银行和资方吃过午餐，正往办公室走。汇丰银行对他款待丰厚，一流的食物，酒水充裕。开餐时他喝了几杯鸡尾酒，然后又喝了几杯上等白葡萄酒，午餐结束时又喝了两杯波特酒，另加几杯陈年白兰地。大班酒足饭饱，从汇丰银行出来之后决定走路。这可不多见，他的轿夫抬着轿子跟在几步之后，以免他改主意要乘轿子，可他乐得伸展腿脚，这些天他都没怎么锻炼。他现在太胖，骑不了马，所以很难找到锻炼的方式。即便骑不了马，他依旧养着马。漫步在温和的天气里，大班想起了春天举行的赛马会。他手头有几匹骏马，公司里碰巧有几个小伙子是出色的赛马骑师（他必须防止这几个小伙子被人挖墙脚，上海的希金斯那个老家伙可愿意出巨资挖一个赛马骑师过去的），凭这两项，他准能赢两三场的。他自豪地想起自己有全城最好的马厩，便像鸽子一样鼓了鼓胸脯。今天天气真好！活着真好！

大班走到公墓旁，停住脚步。公墓整齐干净，表明这个社区的人很富裕。他每次路过这片公墓，心里都会闪过一丝自豪，高兴自己身为英国人。这片公墓地理位置不佳。当初选成墓地的时候不值钱，随着这座城市越来越富足，这墓地身价也涨了起来。有人建议将墓地搬迁，这块地皮用来盖房子，但社区的居民感情上无法接受。这位大班想起自己故去的同胞安眠在这个岛上最值钱的地方，就莫名地满意，说明他们在乎的东西不只是金钱，钱也有派不上用场的时候。大班最喜欢这句话"关键时刻，一个人会记得钱不是一切"。

他心血来潮，决定从公墓穿过去。他看着那些坟墓，各个保护得很好，墓园小径上也没有杂草，整个墓地看起来欣欣向荣。他一边溜达，一遍念墓碑上的名字。这边三个坟墓一字排开，分别是"玛丽·巴克斯特"三桅帆船的船长、大副、二副，他们丧命于1908年的台风，这件事他记得很清楚。另一组坟墓属于两个传教士、他们的妻子和孩子，这些人在"太平天国运动"中被杀。真是骇人听闻！大班不怎么相信传教士，可是，唉……他们也不该让那些该死的中国人杀了呀。他继续往前走，来到一座带有十字架的墓碑，他知道上面刻的名字：爱德华·穆洛克。这是个好青年，却酗酒成性，一直把自己喝死了，可怜虫死的时候才二十五岁。大班认识很多这样的人。接下来还有几个十字架，上面刻着人名，写着年龄，二十五岁、二十六岁、二十七岁，这些人遭遇大同小异：他们来到中国，以前从没见过那么多钱，他们都是好人，把节余下的钱全都用来喝酒，又不胜酒力，最后把自己喝进了坟墓。在中国喝酒，必须要有好酒量、好体格才行。这些喝酒喝死的人太令人伤心了，但是大班想起自己把很多个家伙都喝进了坟墓，就忍不住微微笑了。不过，有那么一个人的死对他来说是有价值的：这个人是他的上司，聪明伶俐，如果那家伙还活着，他现在就当不上大班了。命运这东西太神秘了。啊！这里埋着年轻的特纳女主人维奥莱特·特纳。维奥莱特活着的时候很漂亮，他俩私底下浓情蜜意的，她死了，大班的心都碎了。他看看刻在维奥莱特墓碑上的年龄，心想，如果她还活着，年龄也不小了。他脑海中把这些死去的人都捋了一遍，一股莫名的满足感传遍全身。他把这些人都击败了，因为他还活着，可他们都死了，他的的确确把他们踢飞了。他的目光把这些密密匝匝的坟墓汇聚成一幅画，然后轻蔑地笑了，几乎高兴得搓起手来。

"再没人会觉得我是个傻子。"他低语道。

大班对这些亡人有一种温厚的轻蔑感。他继续往前溜达，突然看见两个苦力在掘一个坟坑，心里一惊，没听说社区里有人死亡啊。

"这见鬼的坟是挖给谁的？"他大声质问。

两个苦力看都没看他一眼，站在深深的坟坑里继续挖，一锹一锹的泥土被抛出来。大班在中国待了很久，却没学会讲中国话，他那个时代没人觉得必须要学汉语。他用英语问那两个苦力在给谁挖坟，苦力不明白他说什么，只好用汉语喊话，他骂两个苦力是白痴。大班知道布鲁姆女主人的孩子一直病着，是不是那病孩子死了？要是死了，他一定会听说啊，而且，苦力现在挖的坟不像是小孩子的，应该是成人的，而且是个身材魁梧的成人。这事太神秘了，他悔不该走进公墓，便忙不迭地走出公墓，上了轿子。他的好心情顿时烟消云散，只是不安地皱着眉头，一跨进公司，便喊他的一个仆人过来："哎，比德斯，你知道有人死了吗？"

可比德斯什么也不知道，大班茫然了。他又叫来一个中国职员，派他去公墓亲自问那两个苦力，自己开始签署文件。职员回来了，说苦力们已经走了，没问到。大班隐隐觉得有些恼怒，他不喜欢自己被蒙在鼓里，他的贴身仆人应该知道，那小子是个万事通，于是，他派人去叫他的贴身仆人过来。可是，竟然连这个贴身仆人都没听说社区有人去世。

"我知道没人死啊，"大班不耐烦地说，"但那坟墓是挖给谁的？"

他派自己的贴身仆人去公墓叫守墓人过来，他要弄清楚谁都没死，该死的他叫人挖什么坟呢。

那仆人转身就走，他又吩咐道："给我倒杯威士忌再走。"

大班不知道为什么见到苦力挖坟让自己心神难宁，他试图不去想那件事。一杯威士忌下肚，感觉好了一点，就干完了手头的工作，然后上楼，翻开一本《笨拙》杂志。过一会儿他就要上俱乐部去，晚饭前打上两三局桥牌。但是，听听他的贴身仆人回来怎么说应该能让他安心，大班等着仆人回来。没过多久，仆人回来了，他把守墓人也带来了。

"你挖坟干什么？"大班直接问守墓人，"又没人死。"

"我挖墓的没有。"守墓人说。

"你这是什么该死的意思？今天下午两个苦力在公墓挖墓呢！"

大班的贴身仆人和守墓人你看我、我看你。然后，仆人说他俩刚才一起去了公墓，那儿根本没有新坟。

大班把自己的话咽了回去。他本来想说："可他妈的，我亲眼见了啊！"

但他没说出口，他把话咽下去的时候，脸憋得通红，他的仆人和守墓人眼睛都瞪直了。

"好吧！出去！"他气喘咻咻地说。

可他俩刚出去，他又大叫自己的仆人回来。仆人回来了，脸上挂着极度的不愿意。大班吩咐仆人再倒一杯威士忌给他。大班用手绢擦着自己汗涔涔的脸，抓起酒杯喝酒的时候手都在抖。随他们怎么说吧，可他就是看见坟墓了，怎么搞的？他依然能听见苦力们把土从坟坑里抛出来的那种闷咚咚的响声，这意味着什么？他感觉自己的心扑通扑通地跳，整个人局促不安，但他强撑着。这一切都是胡扯！既然没有新坟，那就是他出现幻觉了。他现在最好上俱乐部去，如果他在俱乐部能碰上医生，就叫医生给他检查检查。

俱乐部的每个人看上去没有任何异样，他也不清楚自己为什么会期待这些人要看起来有异样，这给了他些许安慰。这些人长期过着一成不变的生活，竟然生出了一些癖好——有人打桥牌的时候不停地哼歌，另一个硬要用吸管喝啤酒，过去大班对他们的这些作为烦得要死，现在却给他一种安全感。他需要这样的安全，因为他无法将下午看到的那奇怪一幕从他脑中挥之而去。那晚，他打桥牌的时候表现差极了，他的搭档又爱挑剔，结果大班发火了，他觉得大家看他的眼神怪怪的，他想知道大家在他身上看到了什么怪东西。

突然，大班觉得自己在俱乐部待不下去了。他离开了俱乐部，一出来就看到医生在那里读《泰晤士报》，但他没法去找医生说话，他要亲自看看坟墓是不是在那里。他跨进轿子，让轿夫抬他去公墓。人不可能会有两次幻觉吧。况且，他可以叫上守墓人一起去看，如果没有坟，他就看不到坟；如果真有坟，他就用鞭子把守墓人狠狠抽一顿。可是，到了公墓，却发现守墓人不在公墓，他出去了，还带走了钥匙。大班发现自己进不了公墓，猛然就筋疲力尽了。他坐回轿子，让轿夫抬他回家。大班决定晚饭前躺半个小时，他累惨了。一定是他太累了，因为别人说人太累了就会出现幻觉。大班的仆人把他吃晚饭时穿的衣服拿了进来，大班近乎爬不起来了。那晚，他很想吃晚饭的时候不穿得那么正式了，但他抵住了这个念头。盛装吃晚饭是他立的规矩，二十年来天天如此，绝对不能打破这个规矩。大班吃晚饭时要了一杯香槟酒，喝了以后感觉好一些。之后，他又叫仆人给他倒最好的白兰地，又喝了几杯，他找回了感觉。去他妈的幻觉！他进到桌球室，练了几杆有技术难度的球，只要他眼神准，再难的球都奈何他不得。等他上床睡觉的时候，一躺下便沉沉睡去。

睡着睡着，突然，大班醒了。他梦见了敞着口的坟墓，苦力们悠闲地挖啊挖啊。大班敢打赌自己看到了苦力挖坟，既然他亲眼所见，再说那是幻觉就太荒谬了。接着，他便听到更夫打更的声音，尖利的"当当"声划破寂静的夜晚，吓得他魂不附体，恐惧罩住了他的心，感觉中国城市里那些无数弯弯曲曲的街道很可怕；那些盘旋的寺庙屋顶都阴森森的，上面藏着面目狰狞的鬼怪，他厌恶那种侵蚀他鼻腔的气味；还有那些人，那众多穿着蓝褂子的苦力，衣衫褴褛的乞丐，还有那些穿着黑色长袍、笑眯眯的、圆滑神秘的商人和县官，这些似乎都在威胁着他。大班痛恨起中国来，他为什么要到这里来？现在他惊恐万分，决定要离开这里，再也不待了，一年也待不下去，一个月也待不下去。去他的上海!

"上帝啊!"他喊道,"要是我能安全回到英国就好了。"

大班想回家了,即便要死,也要死到英国,他受不了死了还要被埋在这些黄皮肤、吊梢眼、笑嘻嘻的中国人中间。埋他的地方应该是他的老家——英国,不是白天看见的那个墓,埋到那里他会死不瞑目的,绝对会死不瞑目。别人怎么想又有什么关系?他们愿意怎么想就怎么想,现在唯一重要的是他有机会离开中国。

大班从床上爬起来,开始给公司的负责人写信,信上说他病得很严重,必须有人接替他的工作,而且要尽快,他需要马上回家。

第二天早上,人们发现大班倒在桌子和椅子之间的夹缝里,早已死了,手里捏着写好的信。

五十　报应

　　他虽未着华服，却也穿得体面：头戴黑色丝质瓜皮帽，身穿淡绿色嘉定产丝绸团花长袍，外套一件黑色短褂，脚蹬黑色丝质布鞋。他已上了年纪，长胡子已经白了，对于中国人来说那胡子算茂盛；四方脸盘，皱纹纵横，尤其在眉宇间拧成几道竖纹；一脸和善，牛角框的大眼镜架在鼻子上，却遮挡不住那眼神中透出的善意。这个人浑身上下透着圣贤的气质，像古画中那些坐在大山脚下竹林丛中，思考永恒之道的圣贤。然而，目前他一脸烦恼，蹙着眉头，把那双和善的眼睛都蹙在一起了。原来，他正在干一件与自己的外貌极其不相符的事情——在灌满水的稻田间的堤道上赶一头小黑猪。这头小黑猪猛地一转，四处乱跑起来，让赶猪的这位老人猝不及防，小猪到处乱撞，就是不走老人要赶它的路。老人猛地拽紧绳子，那头小猪嚎叫着反抗，老人只好对小黑猪又是哄又是骂，不想那猪仔竟蹲坐下来，不怀好意地瞅着他。我突然明白了，这位老人前世一定是唐朝的哲人，那时候他歪曲事实，就为了适应他所谓理论的怪诞念头。现在，也不知轮回了多少世，另外一个顽固残暴的事实正在折磨着他，这是报应啊。

五十一　残件

　　到中国的旅人最惊讶的应该是中国人对装饰的那份热情,在牌坊、寺庙看到装饰不足为奇,这些地方需要装饰;家具也有装饰是情理之中的事情,即便在日常家用的器皿上看到装饰也不是什么奇怪的事情,而且这些装饰看上去令人愉悦;苦力的米饭碗也有其朴素优雅的装饰。可以想象,中国工匠要是不给自己的产品画点装饰,或涂点颜色,以去除产品表面的平淡无奇,他们觉得产品没有完工,工匠们甚至会在产品的包装纸上印上藤蔓花纹。看见商店门面经过精心修饰,看见柜台上刻着繁复的花纹、镀着金色,看见雕刻在商店招牌上的精致刻花,令人出乎意料。也许,这样复杂的装饰全为商店打招牌而用,但是,店主之所以这样做是因为过路人(即那些潜在的客户)喜欢这种典雅,你禁不住要想店主肯定对这些装饰也情有独钟。店主坐在店面前,抽着水烟袋,戴着大大的牛角框眼镜读着报纸,从报纸上将眼光移动到这些美丽的装饰上的那一瞬间,他的心情一定充满了喜悦。柜台上还放着一个长颈瓶,插着一朵麝香石竹花,正在独自楚楚动人。

乡村人家也有让人看了心情颇好的装饰:他们的大门上雕刻着美丽的花纹,这些花纹柔和了那些刻板的门;窗户上镶着造型复杂,样式优雅的窗格。无论走到哪里,都会看见充满艺术气息的桥。桥上的石板拼摆成错综复杂的图案,似乎总有那么一些品味不凡的人能用他们的慧眼甄别平直桥、拱桥最适合的周遭景象。桥栏杆上要么装饰着狮子,要么装饰着龙。我记得有那么一座桥,它的美学功效一定大于它的实用功效。那桥宽可通行单辆车或并排两辆车,但那桥实际上架在通向两个村庄之间的小路之上。离那两个村庄最近的镇子也在三十英里以外,大河在架桥的地方窄了下来,穿过两座青山夹的峡谷流走了,河两岸生长着榛子树。那座桥是大石板盖的,有五个桥墩,最中间的桥墩整个都雕成了一条巨龙,长长的龙尾巴上鳞片栩栩如生。整座桥外侧石板的两边,浅浅地刻着浮雕,格外轻盈、精致、优雅。

中国的工匠费尽心机,用笃定的品味创造出精巧的装饰,让它和朴素的物体表面形成对比,尽量不让看装饰的人觉得乏味,但最终,看的人还是被乏味打败了。那些繁复的装饰令人迷惑,工匠们不断变化设计思路,就为给观者留下变化无穷的美丽印象,人们不禁要赞赏这些精美的设计。然而，事实上中国工匠们的设计思路并没有多少，这一点再明显不过了，他们就像技艺高超的小提琴手，用变幻无穷的方式拉奏着同一个单调的曲子。

我偶遇一位法国医生，他在我住的这座城里已经执业多年了。这位医生也是一位收藏家，收藏了瓷器、铜器、绣品。他引我去看他的藏品，藏品很精美，可是有点千篇一律，我只是敷衍着赞美了一番。突然，一个半身雕像的残件映入我眼帘。

"这是希腊的雕像啊！"我惊讶地说。

"是吗？听见你这么说我真高兴。"

那雕像本身就是半身像，现在没了头和胳膊，护胸甲还在，正中还印着一个太阳，刻着珀尔修斯杀龙的浮雕。这个半身像塑的不是什么重要人物，但它来自希腊，也许那种中国美我看得太多了，这尊半身像让我内心一颤。它若会说话，我会听得懂那语言，它让我内心平静，我双手轻抚雕像饱经风霜的表面，内心荡漾的那种喜悦令自己都惊讶。我仿佛一个水手，徜徉过热带海洋，了解过珊瑚岛的慵懒美，也见识过东方诸城的显赫美，却发现自己再次来到那个海峡港，港口湿冷、阴暗、单调，可那个港是我的英国啊。

那个小个子的法国医生眼里闪着光，一副容易激动的样子，搓着双手。

"你知道这雕像是在离这里三十英里的地方发现的

吗？就在西藏边界的这边。"

"发现！"我失声叫出来，"具体在哪里发现的？"

"我的天呀，在地下发现的，它已经在地下埋了两千多年了。当时发现的还有别的几件残品，我想还应该有一两件完整的，但别的都碎了，只剩下这一件了。"

希腊的雕像会出现在如此偏远的地方，真令人惊讶。

"可这怎么解释呢？"我问道。

"我觉得是亚历山大大帝的雕像。"法国医生说。

"哎呀！"

我听得身上一激灵。会不会是马其顿人的一个将领远征印度之后，继续向位于西藏的这些山的山脚下挺进，来到了中国神秘的一角呢？法国医生还想给我看几件他收藏的满族旗袍，但我对旗袍没有兴趣。我心里一直在想：是什么勇气让那位马其顿将领穿越万里，来到东方建立王国呢？他在自己建立的王国修了一座阿芙洛狄特神庙，一座狄奥尼索斯神庙，演员们在剧院里高唱安提戈涅，他的客厅里有游吟诗人吟诵《奥德赛》，自己和下属听着听着，恍惚化为《奥德赛》长诗中那个老水手的同伴和他的随从。这尊锈迹斑斑的雕像唤起了我心中无限宏伟、无限壮丽的想象啊！那个王国支持了多久呢？又是什么样的悲剧让它败落了呢？此时，我眼中已没有了西藏的旗帜,没有了青瓷的杯子,取而代之的是帕特农神庙,那样庄严、清丽,还有远方宁静蔚蓝的爱琴海。

五十二 出色的好人

我永远不可能记住他的名字,但不论什么时候,港口的人一提起他,都要夸他是个顶好的人。那人可能五十来岁,瘦高瘦高的,穿着考究、干净齐整,头不大,头发梳得整整齐齐,长相精明,戴着一副夹鼻眼镜,隐着一双和蔼快乐的蓝眼睛。他有一种很有感染力的说笑风格,讲出的笑话能让酒吧里喝酒的人们大笑一番,也能毫无恶意地揶揄那些碰巧不在场的人,他的幽默感就和音乐剧里的滑稽演员一样,所以别人一提起他便会说:"我在想他怎么就没演戏呢?要是他演戏,绝对轰动观众,他一定是个好演员。"

要是你想喝一杯,那个人一定随时奉陪,只要你一喝完,他就会像中国人劝酒一样说:

"再满上半杯如何?"

但他从来不贪杯。

"他头脑一直都很清楚。"别人总说,"好人呐。"

慈善捐款的时候，他也很靠谱，捐的从来不比别人少。他愿意参加高尔夫球比赛，或桌球锦标赛。如此优秀的人竟然还是个单身汉。

"对待在中国的外国人来说，结婚没什么用。"他说，"结了婚，每年夏天就要把老婆送回国，等孩子长得可人的时候，也必须要送回老家，那可要花很多钱呐。"

但他愿意给自己圈子里的女子帮忙。他是怡和洋行的老板，别人总有用得着他的时候。他在中国待了三十年，却一句汉语不会讲，他为此还颇感自豪，也从未到过任何中国城市。尽管他的买办是中国人，有些员工是中国人，仆人肯定是中国人，轿夫是中国人，但这些中国人是唯一和他有关系的中国人，他觉得已经够了。

"我讨厌中国，讨厌中国人。"他说道，"只要我把钱存够了，绝对远走高飞。"说完，他哈哈大笑，继续说：

"你知道吗，上次我回英国发现大家大谈特谈中国的舢板船、画儿、瓷器，我告诉他们别和我提中国的东西，只要我活着，就绝对不想看见中国的任何玩意儿。"

他转过来对我说："我给你说啊，我觉得自己家里一件中国的东西都没有。"

如果你要他给你讲讲伦敦，他能连续讲几个小时都不停。他熟悉二十年来上演过的所有音乐剧。虽然住在在九千英里之外，他还知道英国演员莉莉·埃尔西和美国演员埃尔西·詹尼斯的最新动态。他会弹钢琴，还有一副好嗓音，不用别人强烈要求，就会弹上一曲上次回英国时听到的小调。这个头发花白的家伙浑身上下透着愚蠢，在我看来古怪至极，甚至有点可怕。然后，等他弹完了，别人都拍手称赞。

"他真有才，是吧？"他们这样说，"出色的人啊！"

五十三　老水手

　　大多数船长都是无趣的人，他们谈论的话题无非就是货船、货物；到了港口，也仅限于往来于代理的办公室，除此以外就是光顾酒吧和妓院。生活在陆地上的人想象中与海有联系的水手被浪漫的光环所笼罩，实际上，水手根本没有别人想的那样浪漫。于水手，海就是他们的谋生手段，像机车司机熟悉自己的机车一样，他们对大海的了解非常现实。水手是人，是工人，眼界窄，文化少，没有千面，既不精明，也无想象力。但他们直率、勇敢、诚实、可靠，对明摆着的永恒问题态度坚定；他们处事明白，就像一幅立体照片，别人似乎能三百六十度地把他们看清楚，在别人面前，水手永远都是特点鲜明的人。

　　但博茨船长却没有别的水手身上的特点。他是长江上游一艘小蒸汽船的船长，我是他那艘船唯一的乘客，于是我们相伴着度过了相当长的时间。尽管他能说会道，都可以用话痨形容，但我看不透他，我脑海中的他模模糊糊，也许正是他的难以捉摸，才让我浮想联翩吧。博茨船长身高六点二英尺，身材高大魁梧，五官也大，红扑扑的脸很友善。笑起来的时候会露出一排帅气的金牙；虽然没有头发，胡子也剃得很干净，但毛发的浓密程度全都体现在那两条眉毛上了，浓眉下是一双温和的蓝眼睛。博茨船长是荷兰人，离开荷兰时才八岁，但他依旧带着荷兰口音，把"th"这个音全都念成"d"。博茨船长的父亲是个渔民，在须德海上驾驶自己的纵帆船捕鱼，他听说纽芬兰捕鱼业不错，便带着妻子和两个儿子横穿大西洋，前往纽芬兰。在纽芬兰和哈德逊湾待了很多年，五十年前那些地方的日子还是很艰难。之后，他们又绕过合恩角去了白令海峡，开始猎捕海豹，一直捕到法律明令禁止猎杀濒危海豹的时候。然后，勇敢的成年博茨变成了帆船上的三副，后来变成二副，航行到东、航行到西，天知道都去了哪里。博茨几乎一生都在帆船上，现在的这艘蒸汽船让他不自在。

"在帆船上人才能自在舒服，"他说，"有蒸汽动力，得（特）不舒服。"

博茨曾沿着南美海岸运硝酸盐；后来去了非洲西海岸；又去了美国，在缅因州近海捕鳕鱼；接着随货船往西班牙和葡萄牙运咸鱼。他在马尼拉一家旅馆认识的人建议他去中国海关找个活干，他又去了香港，当了一名海关监察员，指挥一艘汽艇，追赶鸦片走私犯，那个工作他干了三年，攒了一点钱，给自己建造了一艘四十五吨的纵帆船，决定再回白令海峡，在猎捕海豹的行当上碰碰运气。

"我想船员害怕了吧。"他说，"我们才到上海，他们就弃船而逃了，我刀（招）不到人啊。于是我便把那短（船）卖了，自己上了一艘去温哥华的船。"

那是博茨第一次离开大海。他碰见一个推销一种获得专利的干草叉的人，博茨同意自己在美国推销那种干草叉，推销这种职业对一个水手来说很奇怪，他也没成功。到了盐湖城时，雇用他的公司宣布破产，博茨被滞留在了那里，后来千方百计回了温哥华，但那时他笃定了在岸上生活的想法，在地产公司找了份工作。他的任务是把买地的客户带到他们的地皮上，如果客户不满意，就游说他们，让他们不后悔自己的选择。

"我们卖给一个家伙在山坡上的一个农场，"他说，往事让他那双蓝眼睛炯炯有神，"那山戴（太）陡了，鸡腿都是一党（长）一短。"

他在地产公司干了五年，萌生了要回中国的想法。到了中国，他不费吹灰之力便在一艘往西行的船上寻了个副手的工作，很快就回到了以前的生活。之后，他多数往来于中国航线，从海参崴到上海，从厦门到马尼拉，航行在所有大型河流之上，船从帆船变成了蒸汽船,职务也从二副升成大副,最后成了一艘中国船只的船长。他很乐意谈论自己对未来的计划。他在中国已经待得够久了,心里一直向往在费丽泽河边拥有一座农场,他要给自己造一艘船,捕捕三文鱼、大马哈鱼。

"该安定下来啦。"他说,"我在海上生活了五十三年了,自己会造船也不足为奇,我这个人不会一直只干一件事情。"

他说得对,这种不安分的风格给他塑造了一种古怪的犹豫不决的性格,他身上有种易变的特质,让人捉摸不透,让人想起印刷的日本画里那薄雾细雨中的景色,看不清,摸不透。博茨有种别样的温柔,这种温柔在老水手身上不多见。

"我不想得罪人,"他说,"我尽量对别人和蔼。如果别人不听你的话,好好和他们说,劝他们,没递(必)要做恶人,试着哄哄他们。"

可这一套对中国人没用,我知道他的办法中国人照例不买账,他折腾半天之后就会回到船舱,挥挥手说:"拿搭(他)们没办法,搭(他)们听不进去道理。"

这时候,他温和的性格看似软弱,可他并不傻,还富有幽默感。我们的船吃水七英尺,一次行进到一处河流,那河最浅的地方不到七英尺,加上航程险峻,港务局要求把货物卸下来一部分,否则拒绝给我们颁发通行证。那次是那艘船的末次航行,船上拉着驻扎在河下游军队的军饷,军队已经在下游待了几天了,所以军队长官坚持把金银都装上船才能走。

"我觉得应该按您的吩咐行事。"博茨船长对港务局长说。

"五英尺的标记要是露不出来,你们别想拿到通行证。"局长说。

"我吩咐买办把一部分银子卸掉。"

船上的人卸白银的时候,博茨带着港务局长去了"海关酒吧",他请局长喝酒,一喝喝了四个小时,回来时博茨步态稳健,仿佛没去酒吧喝过酒,可港务局长喝醉了。

"啊!我看到吃水浅了两英尺。"博茨船长说,"得(那)就没问题了。"

港务局长看看船侧的数字,十分确信"五英尺"这个数字已经露出水面了。

"很好!"局长说,"开路吧!"

"遵命!"博茨说。

其实,货物一点也没卸,是一个机灵的中国人把船上的吃水刻度漂漂亮亮地重新画了一遍。

后来,一群叛军盯上了我们船上拉的金银,企图阻止我们从一座河边城镇起航,博茨展现出了恰到好处的坚定,他柔和的性情经受住了考验。当时他说:

"谁也别想强迫我待在不想待的地方,我是船长,只有我才能发号施令。听着，我要开船了！"

买办痛苦万分，说如果我们敢走，部队就敢开枪。一个军官一声令下，士兵们便单膝跪地，举起来复枪，博茨船长盯着他们。

"把防弹屏放下，"他说，"告诉你们，我要走了，中国军队见鬼去吧！"

博茨船长下令起锚，与此同时，军官下令开枪。博茨站在船桥上，有点古怪。他身穿蓝色海员旧制服，脸庞红扑扑的，身形魁梧，看起来像极了那些古时候在英国格里姆斯比港口徘徊的渔民。他拉响汽笛，我们便在"噼噼啪啪"的枪声中慢慢起航了。

五十四　问题

有人带我去了寺庙。那寺庙坐落在一截山坡上，一座黄褐色的山将这截山坡半包围了起来，仿佛是山坡的观众，气氛庄严。带我的人把这些依山而建的建筑的精妙艺术指给我看，从山坡开始，到山顶那一座由树木环绕的汉白玉大殿结束，中国的建筑工匠总要将自己的创造作为自然的点缀，所以这里依旧用地势的偶成完结其装饰大自然的主题。他们还指给我看树木种得如何巧妙，刚好与汉白玉的山门形成对比，随性造就了一片片宜人的阴凉，做了山门的背景。他们让我惊叹那些此起彼伏的巨大屋顶，色彩丰富，雕着优雅的花朵；他们让我看那些黄色的瓦，黄色不尽相同，虽然黄色大面积铺开，但是各种黄色之间的敏感度并未失去，正是这种细微的差别，才让人看得愉悦；他们叫我看山门上精美的雕刻，与门上毫无装饰的平面形成反差，人的眼睛永远看不累。我们一起穿过优美的庭院时，他们让我看；我们走过优雅如迷的桥梁时,他们让我看;我们穿过供着神秘的、做着手势的佛像的寺庙时,他们依然让我看。但是,当我问起是什么心境催生了人们建造如此宏大的建筑群的念头时,他们却答不上来。

五十五　汉学家

他又高又胖,肌肉松弛,似乎缺乏锻炼,一张阔脸,红彤彤的,没留胡子,花白头发,说起话来飞快,声音紧张,音量和那硕大的身体成反比。他寄宿在一座城外的一座庙里,住在客房。寺里还有三位僧人,带着一个侍僧,看管寺庙并主持佛教仪式。他的房里摆了几件中式家具,还藏有大量书籍,可房子住着并不舒适,屋子很冷,我们待的那间书房只有一个油炉子供暖,一点也不暖和。

他懂的汉语比任何一个在中国的外国人都多。他已经花了十年时间编纂一本字典,这本字典将取代另外一部由著名学者编纂的字典,二十五年来,他一直不喜欢那位学者。他的字典将为汉学研究做出贡献,也能让他泄私愤。他举止酷似大学教师,让人觉得总有一天他会在牛津大学当一个教汉语的教授,有用武之地。他了解的文化比绝大多数的汉学家丰富,那些汉学家可能懂汉语，这一点毋庸置疑，但可悲的是，除了汉语，他们别的什么都不懂。于是，他谈起中国思想、谈起中国文学时，内容丰满，话题多变，这在学习汉语的学者身上是看不到的。他全身心地投入到自己独特的追求中，根本不在乎赛马、射箭一类的活动，欧洲人认为他很奇怪。他们用怀疑和敬畏的眼光看待他，人只有看那些和自己趣味不相投的人时才用那样的眼光。有人暗示他没有那么理智，有人谴责他吸食鸦片。有些白人通过吸食鸦片来熟悉自己的工作环境文化，这些白人容易受到这样的谴责。在他那间陈设简陋的房子里待上一会儿，大家就会明白这个人过的生活完全是精神层面上的。

但这是一种特别的生活。艺术和美似乎不能打动他。他满腔悲情地讲起中国诗人时，我忍不住要想，他翻动书页的时候，最美的东西是不是从他指间溜走了？他是一个只能通过书籍触碰现实的人。莲花的悲情迤逦只有李白在诗歌里写出来才能感动他；中国淑女们的笑声只有写进工整的格律诗中才能让他兴奋。

五十六　副领事

　　副领事的轿夫把轿子停在衙门口，解开挡雨的帷幔，副领事探出头，像鸟儿探查巢穴外面一样左右看了看，然后探出了瘦长的身躯，最后伸出了瘦长的腿。他在原地站了一会儿，仿佛有点不知所措。副领事很年轻，瘦长又无魅力的四肢更加突出了他缺乏经验的气质。他长着一张圆脸，头很小，和细长的身体极不般配，肤色像男孩子一样清新，那一对讨人喜欢的棕色眼睛充满天真率直的眼神。不久之前他还是一个学生身份的翻译，现在职位让他觉得自己是个重要人物，这种感觉在和他性格里的羞怯作斗争。他把名片递给县官的文书，由文书带着进到内衙门，让他坐下。衙门里面四处通风，冷飕飕的，副领事窃喜自己穿了厚厚的雨衣。一个衣衫破旧的衙门侍从端来茶，拿来香烟。县官的文书是个瘦弱的青年，穿着寒酸的黑长衫，曾在哈佛留学，此时乐得显摆一下自己流利的口语。

县官走了进来,副领事起身相迎。县官很胖,穿着厚厚的棉衣,笑眯眯的大脸上戴着金丝边眼镜。他俩落座,呷茶,抽美国香烟,友好地聊着天。县官不会说英语,副领事的汉语还清晰地待在记忆里,他忍不住想自己的表现还算不错。不久,进来一个侍从,给县官低语了几句,县官便恭敬地问副领事是否可以进行他此行的目的了。通向外衙门的门猛然开了,县官走了进去,坐在了中堂位置。县官的笑容此刻不见了,已经本能地摆出了一个县官应有的姿态,尽管他胖,走起路来还是那么威严。县官礼貌地把自己旁边的座位指给副领事坐,文书站在桌子旁。衙门的大门突然被推开了(副领事眼里再也没有比开门更戏剧化的事情了),一阵奇怪的骚动之后,罪犯很快被带了进来。罪犯走到衙门院子中间,站定,面朝县官,两边各站一个身穿土黄色衣服的衙役。罪犯很年轻,副领事觉得还没他年龄大,仅穿着一件棉制汗衫,一条棉制裤子,衣服虽已褪色,但却干净,没戴帽子,没穿鞋。这罪犯看起来和城里街道上那些每天都能遇见的一身蓝衣衫的苦力没什么两样。县官和罪犯默默对视着。副领事看着罪犯的脸,但很快将眼光移到地下,他不想看那些可以看得明明白白的事情。瞬间,副领事窘迫起来,他移到地上的眼光又发现那罪犯的脚不但很小,还漂亮纤瘦,双手被缚在身后,身材单薄,中等个头,气质优雅,让人联想到某种野生动物，用那漂亮的双脚站着，气质中透着不同寻常的优雅。副领事的眼光又很不情愿地回到那张未被皱纹侵扰的长圆脸上，他看到了铁青的脸色。副领事经常读到有人因为恐惧脸色发青，却总认为那是作家的杜撰，今天，他却亲眼目睹，心里着实震惊又惭愧。罪犯的眼睛长得很端正，不是别人瞎说的那种中国人特有的吊梢眼。那眼睛似乎异常大，格外明亮，盯着县官的眼睛，眼里满是恐惧，让人看了害怕。县官只问了他一个问题，审判就结束了。罪犯那天早上被带来只为了"验明正身"，他响亮地报了身份，很勇敢。无论他的身体怎样出卖他的内心，但他还是能够控制自己的意志。县官发出简单的命令，罪犯由两个衙役押解出去了。县官和副领事走出衙门，他们的轿子已经等在那里，罪犯和衙役站在轿旁。罪犯用绑着的手在吸烟，一小队士兵在外伸的屋檐下躲雨，看到县官驾到，军官让士兵们集合。县官和副领事坐进轿子，军官一声令下，那队士兵开始出发，罪犯走在士兵和县官中间，副领事压阵。

这一行人飞快地穿过熙熙攘攘的街道，街边店铺的老板漠然地盯着他们。冷风刮过，雨一直在下，罪犯只穿着棉汗衫，浑身一定湿透了，但他脚步坚定，高昂着头，几乎有点得意。城墙离衙门有段距离，他们走了近半个小时才到。一行人出了城门，已经有四个穿着破旧蓝衫、似形农民的人站在城墙边上，一口未上漆的薄板棺材放在旁边，罪犯经过时瞟了一眼。县官和副领事下了轿子，军官叫士兵立正。从城墙根开始就是稻田，罪犯被带到两块稻田中间的小路上，按命令跪下。可是，军官觉得罪犯跪的地方不合适，又叫他起来，往前走了一两步之后再次跪下。一名士兵出列，来到罪犯身后，大概相距三英尺，举起枪，军官发出命令，枪响了，罪犯应声倒下，在地上轻微地抽搐，军官走过去，查看到罪犯还没死，用自己的左轮手枪又补了两枪。然后，那一队士兵再次集合。县官朝副领事笑了笑，但笑得很痛苦，那张愉快的胖脸都被这痛苦的一笑扭曲了。

县官和副领事再次上了轿子，在城门处分手，县官礼貌地向副领事鞠躬告别，副领事坐着轿子向领事馆的方向走去。街道拥挤不堪，又弯弯曲曲，人们的生活丝毫没有变化。他的轿夫都很健硕，因此他们一行人走得飞快。走着走着，他的思绪被轿夫们"让路"的喊声打断了。刚才，他一直在沉思：故意结束一个生命太可怕了，似乎破坏世世代代人的结果是一种巨大的责任一般；人类已经存活了这么久，每一个活着的人都是一系列奇迹的结果。但与此同时，他又感到生命很平凡，多一个少一个并没有区别，他因此而迷惑。到了领事馆后，副领事才看了看表，全然不知时间已经不早了，于是，让轿夫直接把他抬到俱乐部去。此时，正是喝鸡尾酒的时候，说真的，今天他确实需要喝一杯。副领事走进俱乐部的时候，里面已经聚集了十几个人，个个都知道他今早的营干。

"哎，"他们问道，"看到那个笨蛋被枪决了吗？"

"当然！"他答道，声音不但响亮，还满不在乎。

"还顺利吗？"

"他倒地之后扭了几下。"他转身对酒保说，"约翰，和往常一样。"

五十七　山崖上的城

有人说，只要太阳偶尔照到那座城，城里的狗就吠起来。那座城矗立在山崖上，两河在此交汇。整座城阴沉沉、灰蒙蒙的，笼罩在薄雾里，城四周是浑浊湍急的水流。城所在的山崖仿佛一艘古代大帆船的船首，被一种非自然的生命盘踞着，用力战栗着，似乎要把自己变成一条狂暴的溪流。城四周被崎岖的山脉包围着。

城墙外破旧的房屋一簇一簇挤在一处，河枯水的时候，一群碰季节运气的人靠卖船工的必需品过活，因为山崖边停靠着上千艘舢板船，一艘一艘紧紧地连在一起，船上的人的生活如河水般动荡着。一截蜿蜒陡峭的楼梯一直修到一座有城楼的大门前。每天，挑水的苦力在这截楼梯上爬上爬下，挑着水桶，水一路滴洒，台阶和大门前的那条路常年像淋过大雨一样湿漉漉的，在这样的平地上走几分钟都很困难，况且这里到处都是台阶，就像意大利的山城里维埃拉一样。这座城狭小无多余空地，街道都挤在一起，又窄又暗，弯弯曲曲向前伸展，在这种街道里行走犹如走进了迷宫。街上行人熙熙攘攘，堪比伦敦的剧院散场之后拥上人行道的人，人要穿过其中必须又推又搡，还要时时给走过来的轿子让路，给背负重担的苦力腾道；若你从穿行于街道上的杂货货郎身边经过，他们还会推你一把。

宽大的店铺门面开在街上，既没窗户，也没门，店里人头攒动，这些店铺就像艺术和手工艺品的展览会。如果一个城镇能够自给自足，满足其居民的生活需要，从这个城镇就能窥见中世纪英国的样子，各种行业挤在一起，人有可能走过一条屠户街，街两边挂着屠宰好的家畜尸体，还有鲜血淋淋的内脏，苍蝇"嗡嗡"地在这些屠宰物周围盘旋，脏兮兮的狗在屠宰物下面饥饿地徘徊；也有可能一整条街上都是纺织铺，家家户户都有一台手织机，人们忙着织布、纺丝。还有数不清的小吃铺子，里面飘出油腻腻的味道，不论何时，都有人在吃饭。一般来说，街的拐角总有茶馆，茶馆的桌子周围每天也是挤满了各色人，喝茶、抽烟。剃头匠在众目睽睽中给别人剃头，被剃头的人双手交叉放在胸前，耐心地靠在椅背上；有人在采耳，还有人在挖眼角屎，真是令人作呕。

上千种声音充斥着这个城市：有摇着拨浪鼓边走边卖东西的货郎；有打着快板的瞎眼艺人和女按摩师；

有在酒馆唱歌的声音；有办喜事或丧事的锣鼓声。街上有轿夫和苦力沙哑的喊叫声；有乞丐可怕的呻吟声，乞丐衣不蔽体，疾病缠身，真是对人性的讽刺啊！有个号手一直都在练习自己永远也吹不上去的音调，吹出来的只有破碎的哀伤；还有持续不断的讲话声、笑声、吵骂声、嬉闹声、喊声、争论声、闲聊声，这些声音就像训练有素的男低音，其他声音比起来就是原始的声响。整个街上的喧闹声无休无止，起初听起来与众不同。继而令人迷惑，再而惹人恼怒，最终逼人发疯。你渴望片刻的完全宁静，可那似乎是一种奢侈。

与讨厌的人群和鼎沸的声响并存的还有恶臭，随着你在此地住的时间增加，阅历增长，你能把这些恶臭分出上千种类型，嗅觉也变得异常发达。这些臭味侵袭着你的神经，就像用笨拙的工具演奏的交响乐折磨着你一样。

你不了解在身边这些涌动的人流过着怎样一种生活。如果是自己的同胞，认同感和常识都能让你对他们的生活有所了解，你可以走进他们的生活，至少想象中可以进入，用这种方式拥有他们。可身边这些人很陌生，他们对你也很陌生，他们的神秘生活你完全不得要领。他们彼此很相像，但这种相似于你没什么帮助，倒是更让你觉得他们与你有很大差异。有些人会引起你的注意，比如，有个脸色苍白，戴着牛角框眼镜，腋窝底下夹着书的青年，他勤学的样子看起来让人愉快；还有个老人，头上裹着头巾，留着稀疏的花白胡子，长着一双困倦的眼睛，他的样子就像画家画在岩壁上的圣人像，或是康熙皇帝的瓷像。然而，你对他们一无所知，就像眼瞅着一堵砖墙，不知从哪里进到墙里面，连想象力都会显得无能为力。

爬上山顶，就会到建有垛口、环绕这座城的城墙边上。从山门出去，便是许多坟墓。这些坟墓在乡间野地延展开来，一英里、两英里……五英里。一望无垠的绿色坟丘沿山爬上去，又沿山爬下来。坟前都放着灰色的石头，那是人们一年一度扫墓时贡献祭品时用的，除了献上祭品，祭祀者还会向亡者祷告自从他们阴阳两别之后的生活情况。这些坟墓挤挤挨挨，犹如住在城里的生者；这些坟墓似乎在渐渐逼近生者的领地，最后要把他们逼进打着漩涡的浑浊的河水里面去。这些坟墓太危险了，它们似乎包围着城市，带着一种阴沉沉的残酷，等待着它们的时间，最终将像命运那样不可避免地渗入城市来，追赶那些沸腾的生者，即便它们占领城市的大街小巷，也不会停止延伸，还会继续，一直占领延伸到水边。然后，寂静终将到来，永远不会受到任何声响的打扰。

这些绿色的坟墓很神秘，令人毛骨悚然，它们似乎在伺机等待着什么。

五十八　祭神

她已上了年纪，脸部瘦削，皱纹纵横，花白的头发上插着三支长长的银簪，凑成了一副奇异的头饰。她身穿褪了色的蓝长衫，衣服很旧了，打了补丁，裤子只到小腿，赤着一双脚，却在一个脚踝上戴了一只银脚镯，她明显很穷，身形虽瘦却很结实，年轻时干起重活来一定不费力气，她一辈子也是靠干重活过生活吧。她信步走来，步态中透着老年妇人们独有的沉着，手拎一个竹篮子，一路来到码头。码头上停满了彩色舢板船，水面上有个男人站在窄窄的竹筏子上用鸬鹚捕鱼，老妇人奇怪地盯着他看了一会儿，然后收回眼光，忙起自己的事情。她把篮子放到一块近水边的石头上，取出红蜡烛，点燃，放进石头缝里固定起来，又拿出几支香，就着烛火点燃，插在蜡烛周围；拿出三个小碗，从一个瓶子里倒出一些液体，将碗斟满，再把它们一字排开；接着，又从篮子里拿出一卷纸钱，还有纸剪的鞋，把它们展开，好让它们容易燃着。她把纸钱和纸鞋点着，火旺起来的时候，拿起三个小碗，把里面的东西倒在香前面；老妇人拜了三下，口中念念有词，一边挑一挑正在燃烧的纸钱，火焰又亮了起来；最后，她把碗里的东西全都倒在石头上，又拜了三下，从篮子里又抓了一些纸钱扔进火里，便不再继续忙活，拾起篮子，像来时一样信步离开，只是脚步稍稍有点重，但没有人注意到她所做的一切。老妇人已经充分取悦了自己信奉的神，像一个法国老农妇，忙完一天的家务，可以干干自己的事情了。

毛姆中国游记述语表

章节	英文原文	中文译文	注释
三 蒙古首领	Urga	库伦	蒙古首都,今称乌兰巴托
四 漂泊的人	Society Islands	社会群岛	南太平洋法属岛屿之一
六 晚宴	Victorien Sardou	萨尔杜	法国剧作家
	Griselda	格丽塞尔达	中世纪传说中一个非常温顺、能忍耐的女子
	Christiania	克里斯蒂安尼亚	挪威首都奥斯陆的旧称
	The Soul's Awakening	《灵魂的觉醒》	德国哲学家斯坦纳的剧作
	The Rosary	《玫瑰经》	天主教徒祈祷时念的经文

十 荣耀酒馆	taipan	大班	旧时对洋行经理的称呼
十一 恐惧	*The Doctor*	《医生》	十九世纪英国画家卢克·菲尔德的作品
十六 修女	Basque	巴斯克人	欧洲比利牛斯山西部地区的古老居民
十七 亨德森	Fabian Society	费边社	一八八四年成立于英国,主张用缓慢渐进的方式实现社会主义
二十二 路	Charon	冥府渡神	希腊神话中在冥河上渡亡灵去冥府的神
二十六 雨	Christie's	佳士得	伦敦著名的拍卖行
	Garrick	嘉里克	伦敦著名的文学俱乐部,毛姆是那里的常客
三十 领事先生	Tyrolese hat	蒂罗尔人帽子	蒂罗尔是奥地利西部一个地区,蒂罗尔人帽子是男用毡帽,绿色,帽子边上插有羽毛
三十八 哲人			本章的哲人应指辜鸿铭,毛姆在二十世纪二十年代拜访过他